Science Fiction

Shawna McCarthy
(Hrsg.)

Isaac Asimov's Weltraum-Frauen 1

Stories

Science Fiction

Science Fiction
Lektorat: Ronald M. Hahn
Ullstein Buch Nr. 31126
im Verlag Ullstein GmbH,
Frankfurt/M – Berlin

Titel der Originalausgabe:
ISAAC ASIMOV'S SPACE OF HER OWN
(1. Teil)
Aus dem Amerikanischen übersetzt
von Uwe Anton

Deutsche Erstausgabe

Umschlaggestaltung:
Hansbernd Lindemann
Umschlagillustration:
Manfred Evertz

Printed in Germany 1986
Gesamtherstellung:
Presse-Druck Augsburg
ISBN 3 548 31126 1

Mai 1986

CIP-Kurztitelaufnahme
der Deutschen Bibliothek

Isaac Asimov's Weltraum-Frauen: Stories / Shawna McCarthy (Hrsg.). – Dt. Erstausg. – Frankfurt/M.; Berlin; Wien: Ullstein
Einheitssacht.: Isaac Asimov's space of her own ‹dt.›
NE: Asimov, Isaac [Hrsg.]; MacCarthy, Shawna [Hrsg.]; Asimov's Weltraum-Frauen; Weltraum-Frauen; EST
1. [Aus d. Amerikan. übers. von Uwe Anton]. – 1986.
(Ullstein-Buch; Nr. 31126: Science Fiction)
ISBN 3-548-31126-1
NE: GT

Inhalt

Damals, in den alten, alten Zeiten (Gottchen, vor fünfzehn, zwanzig Jahren oder so), gab es keine Frauen in der Science Fiction. Sie haben keine SF gelesen, sie haben keine geschrieben, und sie haben bestimmt keine große Rolle in ihr gespielt. (Ich muß eingestehen, daß dies ein wenig übertrieben ist. Wir dürfen nicht die Beiträge von Frauen wie Judith Merril, Leigh Brackett, C. L. Moore und Kate Wilhelm übersehen, ganz zu schweigen die von Mary Shelley.) Doch die Tatsache bleibt bestehen, daß vielleicht einer von zehn SF-Lesern weiblichen Geschlechts und das Verhältnis von männlichen und weiblichen Schriftstellern noch schlechter war. Um gute SF zu schreiben, muß man sie erst gelesen haben und mit ihrer Struktur, ihren Ideen und Voraussetzungen vertraut sein.

Aus irgendeinem Grund (niemand kennt ihn *wirklich* – und lassen Sie sich bloß nicht erzählen, es hätte an der siedenden Sexualität von Mr. Spock in »Raumschiff Enterprise« gelegen) änderte sich Mitte der sechziger Jahre diese Situation allmählich. Plötzlich tauchten Frauen auf Science Fiction-Fantreffen auf; Namen wie Joanna, Ursula und Joan erschienen in den Inhaltsverzeichnissen der SF-Magazine; und wirkliche, bei Gott tatsächlich weibliche Charaktere zeigten sich in vereinzelten Stories. Sicher, Frauen hatten immer ihre Rolle in der Science Fiction gehabt; das Problem war nur, daß diese Rolle darin bestand, entweder am Ende eines langen, grünen Tentakels zu baumeln und »Hilf mir, Rock! Hilf mir!« zu kreischen oder ein mächtiges Breitschwert über dem Kopf zu schwingen (und gleichzeitig darauf zu achten, daß der Messing-BH dabei nicht *zu viele* Einblicke gewährte), um die friedliche Venus von den unsittlichen männlichen Invasoren zu befreien.

Sicher, dieser plötzliche Zustrom weiblicher Autoren in die einst heiligen Hallen der SF blieb nicht ohne Reaktion. Ein berühmter männlicher SF-Redakteur vertrat bis zum Tag seines Ablebens die Meinung, Frauen *könnten* einfach keine Science Fiction schreiben. Aber trotz dieser ganzen *Sturm-und-Drang*-Einstellung (oder vielleicht gerade wegen ihr) blieben die weiblichen Autoren, Leser und Fans am Ball. Es erschienen Anthologien von und über Frauen, und die meisten Leser stimmten überein, ja, dies sei gute Science Fiction. Und so blieb es bis heute. Frauen gehören dem Klub an – zumindest als außerordentliche Mitglieder, und die langjährigen Mitglieder scheinen sie endlich, wenn auch murrend, akzeptiert zu haben. Warum also eine weitere Anthologie mit Science Fiction von Frauen? Na ja, wir dachten, jetzt, wo sich die Gewitterwolken verzogen haben, könnte eine Bestandsaufnahme der Produktion weiblicher Autoren ganz interessant sein. Ist die SF zur Literatur radikaler Feministinnen geworden? Ist sie die Literatur der niedlichen, sinnlichen und anschmiegsamen Frauen? Oder ist sie, in einem verzweifelten Versuch, sich die Vollmitgliedschaft im Klub zu sichern, gute, altbackene SF vom Macho-Typ geblieben?

Nun, wie Sie sehen können, ist sie zugleich alles und nichts davon. Bei vielen dieser Geschichten könnte man, gäbe es die Verfasserzeile nicht, keinerlei Rückschlüsse auf das Geschlecht des Autors ziehen. Bei anderen wird deutlich, daß bei ihrem Entstehen eine Frau die Hand im Spiel hatte. Einige handeln von Frauen, einige von Männern (aber, soweit wir feststellen können, keine von dem niedlichen, sinnlichen und anschmiegsamen Typ), doch alle erfüllen das wichtigste Kriterium: Bei allen handelt es sich um verdammt gute Science Fiction.

Genießen Sie sie.

Connie Willis

Der Sidon im Spiegel

Wir befinden uns in der Nähe des Spiralabstiegs. Ich kann die Hafenlampen nicht sehen, und es gibt keine Landmarken auf Paylay, aber ich erinnere mich, wie die Lichter von Jewells Abtei von hier oben aussahen: eine dünne, zerstückelte Schnur von Weihnachtsbaumkerzen, rot und grün und gold. Wenn man näherkommt, kann man die rote Linie unter den Gebäuden ausmachen, und man könnte glauben, Paylays Wärme zu sehen, aber es ist nur die Reflektion der Lampen über dem Erdboden und auf den metallpapiernen Unterseiten der Abtei und des Glücksspielhauses.

»Du kannst die Wärme nit sehn«, sagte Jewell auf dem Weg vom Abstieg, »aber du wirst se spürn. Deine Schuh in Ordnung?«

Meine Schuhe waren ausgezeichnet, aber man konnte nur schwerfällig darin gehen. Zu Hause wäre ich über sie gestolpert, aber hier klemmte die höhere Schwerkraft sie fast wie mit Schraubstöcken am Boden fest. Sie waren mit fünfzehn Zentimeter hohen, gitterförmigen Plastiksohlen versehen, die so zerbrechlich wie der Landeturm wirkten, aber robuster waren, als sie aussahen und keine Hitze durchließen. Ich spürte überhaupt nichts, und auf halbem Weg zu Jewells Abtei kniete ich nieder und betastete den verrußten Boden. Er fühlte sich warm an, aber nicht so heiß, wie ich es erwartet hatte, schritt ich doch über die Oberfläche eines Sterns.

»Laß deine Hand ne Minute dort ruhn«, sagte Jewell. Ich tat wie geheißen, und dann riß ich meine rußbedeckten Finger hoch und steckte sie in den Mund.

»Wird schnell heiß, nit?« sagte Jewell. »'n junger Zapfer fiel ausm Fenster oder ging ohne Schuh vor die Tür und starb in nit mal ner Stunde am Hitzschlag. Deshalb dacht ich, geh lieber selbst und heiß ihn auf Paylay willkommen. So nennt man diesen ausgzapften Stern. Sonst hebst du womöglich noch nen Erzbrock auf. Das kannst nämlich nit. Dazu mußt nen Zapfhahn einbohrn und nen Kompressor drum herum aufbaun und zu Gott beten, daß du dich dabei nit in die Luft jagst.«

Dabei sagte sie allerdings nicht, mit der hohen, piepsigen Stimme, die wir beide wegen des hohen Heliumgehalts der Luft hatten, daß sie über zwei Stunden am Eingang des Plastikankerturms auf mich gewartet und ihre Fußsohlen in den sehr hohen Schuhen allmählich zu schmoren angefangen hatten. Plastik ist keine sehr gute Isolierung.

Offene Metalleisten wären viel besser imstande, die Hitze zu zerstreuen, die durch Paylays dünne Kruste hervorquillt, aber man kann hier nicht mehr Metall dulden, als absolut ist, nicht bei den großen Vorkommen von Wasserstoff und Sauerstoff, die beim geringsten Funken explodieren können.

Der Landepilot hätte mir jeden potentiellen Funkenschläger und alles Metall abnehmen müssen, bevor er mich in den Spiralabstieg entließ, doch Jewell hatte ihn unterbrochen, bevor er mich fragen konnte, was ich mit mir führte. »Jetzt zapfst doppelt, nit?« sagte sie. »Ich will vor der näxten Schicht zurück sinn. Du hattest ne Stund Verspätung.«

»Tut mir leid, Jewell«, sagte der Pilot. »In fast einem Kilometer Höhe erwischte es uns mit über dreißig Prozent, und wir mußten in einen Fermat gehen.« Er sah wieder auf das Blatt Papier in seiner Hand hinab. »Die folgenden Gegenstände stehen unter Einfuhrverbot. Unrechtmäßiger Besitz kann zur Ausweisung von Paylay führen. Tragen Sie bei sich: Schallfeuer, Elektromagneten, Streichhölzer...«

Jewell machte einen Schritt vorwärts und setzte dabei den Fuß auf, als habe sie Angst, der Boden würde unter ihr nachgeben.

»'türlich hat er sowas nit dabei. Er ist Klaviersimspieler.«

Der Pilot lachte und sagte: »Na gut, Jewell, nimm ihn mit«, und sie nahm meine Reisetasche und führte mich nach St. Pierre. Sie fragte nach meinem Onkel, und sie erzählte mir von der Abtei und den Mädchen, und wie sie wegen ihres Namens allen anderen Hausnamen von Juwelen gegeben hatte. Sie erzählte mir, wie Taber, der die Spielhalle neben ihrer Abtei führte, das kleine Häuserband, das wir in der Ferne sehen konnten, nach dem Schutzheiligen der Zapfer St. Pierre genannt hatte, und die ganze Zeit über brutzelten ihre Fußsohlen wie ein Braten im Schmortopf, doch davon sagte sie keinen Ton.

Ich konnte sie nicht sehr gut sehen. Um die Stirn trug sie eine Chemileucht-Laterne, und für mich hatte sie auch eine mitgebracht, aber sie spendeten nicht gerade viel Licht, und ihr Gesicht lag im Schatten. Mein Onkel hatte mir erzählt, daß ihr eine breite Narbe über die eine Gesichtshälfte und weiter bis unters Kinn verlief. Er sagte, sie hätte die Narbe bei einem Kampf mit einem Sidon davongetragen.

»Hätte ihr fast die Kehle aufgerissen«, hatte mein Onkel gesagt. »Hätte sie ihr aufgerissen, wenn die Jungs ihn nicht zurückgetrieben hätten. Hat auch ein paar Zapfer aufgeschlitzt.«

»Was hat sie überhaupt mit einem Sidon gewollt?« fragte ich. Ich hatte nie einen gesehen, aber von ihnen gehört: wunderschöne blutrote Tiere mit dichtem, weichem Fell und rasiermesserscharfen Klauen; Tiere, die bis zu einem Jahr ganz zahm wirken konnten und dann irgendwann durchdrehten und alles anfielen, was sich rührte. »Man kann sie doch nicht zähmen.«

»Jewell hat geglaubt, ihn zähmen zu können«, sagte mein Onkel. »Ein Zapfer brachte ihn in einem Käfig von Solfatara mit. Jemand ließ ihn raus, und er entfloh. Jewell folgte ihm. Seine Pfoten waren verbrannt, und er litt unter dem Wärmestau. Jewell setzte sich auf den Boden und hielt ihn auf dem Schoß, bis Hilfe kam. Sie bestand darauf, ihn als Haustier in die Abtei mitzunehmen. Sie wollte nicht glauben, daß man ihn nicht zähmen konnte.«

»Aber ein Sidon kann nicht dafür, daß er so ist, wie er ist«, sagte ich. »Es ist wie bei uns. Er weiß nicht einmal, daß er durchdreht.«

Mein Onkel schwieg, und nach einer Minute fuhr ich fort: »Sie glaubt, sie könne uns auch zähmen. Deshalb ist sie bereit, mich aufzunehmen, nicht wahr? Ich wußte, daß es einen Grund geben muß, aus dem sie mich aufnehmen wollte, als wir auf Solfatara unerwünscht waren. Sie glaubt, sie kann mich am Kopieren hindern.«

Mein Onkel sagte noch immer nichts, und ich faßte dies als Zustimmung auf. Er hatte keine meiner Fragen beantwortet. Er hatte auf einmal gesagt, daß ich fliegen würde, obwohl seit dem Verbot noch niemand den Planeten verlassen hatte, und als ich ihm Fragen stellte, antwortete er mit Erklärungen, die sie überhaupt nicht beantworteten.

»Warum muß ich fort?« fragte ich. Ich hatte Angst davor, Angst vor dem, was vielleicht geschehen würde.

»Ich will, daß du Jewell kopierst. Sie ist ein freundlicher Mensch, ein guter Mensch. Du kannst eine Menge von ihr lernen.«

»Warum kann sie nicht herkommen? Wie Kovich damals.«

»Sie führt eine Abtei auf Paylay. Es sind nicht mehr als zwei Dutzend Zapfer und Mädchen auf dem ganzen Stern. Es ist völlig sicher dort.«

»Was, wenn ein schlechter Mensch dort lebt? Was, wenn ich stattdessen ihn kopiere und jemanden töte, wie es auf Solfatara passiert ist? Was, wenn etwas Schlimmes geschieht?«

»Jewell führt eine saubere Abtei. Keine Trunkenbolde, keine Perversen, und die Mädchen wissen sich zu benehmen. Was Paylay selbst betrifft, so brauchst du dir keine Sorgen zu machen, daß er ein Stern ist. Er befindet sich im letzten Stadium des Ausbrennens. Er hat eine Kruste von über sechshundert Metern Dicke, was bedeutet, daß es kaum Strahlung gibt. Man kann sich ganz ohne Schutzkleidung auf der Oberfläche bewegen. Bei den Wasserstoff-Zapfstellen tritt natürlich etwas Strahlung aus, aber du kommst nicht mal in ihre Nähe.«

Auf alle Einwände hatte er eine beruhigende Antwort, außer auf die wichtigen. Nun, da ich hinter Jewell durch den verrußten Kohlenstoff von Paylay stapfte, wußte ich über alle Gefahren Bescheid, bis auf die schlimmste – mich selbst.

Ich konnte nichts bemerken, das nach einer Zapfstelle aussah. »Wo sind sie?« fragte ich, und Jewell deutete den Weg zurück, den wir gekommen waren.

»So weit weg von St. Pierre wie möglich, und auch voneinand, damit kinn dreifach verzapfter Idiot alle umbringen kann, wenn er sich selbst in die Luft jagt. Der erste Sidon ist da drübn, zehn Kilometer oder so entfernt.«

»Sidon?« fragte ich erschrocken. Mein Onkel hatte mir erzählt, daß die Zapfer den Sidon getötet und einen Bettvorleger aus ihm gemacht hatten, nachdem er Jewell beinahe zerrissen hatte.

Sie lachte. »So nennt man die Zapfstelln. Weil se einfach in die Luft gehn und man gar nit mehr weiß, was passiert ist. Sie machn se so sicher wie möglich, aber die Kompressoren bestehn aus Metall, und Metall bedeutet Funken. Immer wieder mal erhellt sich der ganze Himmel da drübn wie zu Weihnachtn. Wir ham St. Pierre so weit entfernt wie möglich erbaut, und 's gibt kein Fetzen Metall im ganzen Ort, aber die Wasserstofflecks sinn überall. Und Helium. Klingen wir nicht wie Narrn, die sich was vorquakn?«

Sie lachte wieder, und mir fiel auf, daß sich meine Füße, während wir dort stehengeblieben waren und den schwarzen Horizont betrachtet hatten, allmählich unangenehm heiß anfühlten.

Es war ein langer Marsch durch die Dunkelheit zu der Lichterkette, und den ganzen Weg über beobachtete ich Jewell und fragte mich, ob ich schon damit angefangen hatte, sie zu kopieren. Ich würde es natürlich nicht wissen. Ich hatte auch nicht gewußt, daß ich meinen Onkel kopiert hatte. Eines Tages hatte er mich gebeten, ihm ein bestimmtes Lied vorzuspielen, und ich hatte mich ans Klaviersim gesetzt und es gespielt. Als ich fertig war, sagte er: »Wie lange kannst du das schon?«, und ich wußte es nicht. Erst, nachdem ich das Kopieren vollbracht hatte, würde ich es wissen, und dann auch nur, wenn jemand es mir sagte. Ich trottete in der Dunkelheit hinter Jewell her und versuchte es, versuchte, sie zu kopieren.

Wir brauchten fast eine Stunde, um zur Stadt zu gelangen, und als wir sie erreicht hatten, konnte ich feststellen, daß es überhaupt keine Stadt war. St. Pierre bestand nur aus zwei großen, mit Metallpapier bedeckten Gebäuden, die auf fast zwei Meter hohen Plastikgestellen ruhten, und einem Wirrwarr von Stelzenzelten. Keine der beiden Gebäudetüren wies ein Schild auf, nur Schnüre mit vielfarbigen

Chemileucht-Lampen, die an den Dachrinnen befestigt waren. Sie waren ziemlich hell, und ihr Licht wurde von dem Metallpapier zu noch größerer Helligkeit reflektiert, doch Jewell nahm die Lampe ab, die sie am Kopf trug, und hielt sie nah an die offene hölzerne Treppe, als könne sie nicht genug sehen, um ohne das zusätzliche Licht zu der Eingangstür hoch über uns hinaufzusteigen.

»Warum gehst so komisch?« fragte sie, als wir das Treppenende erreicht hatten. Zum ersten Mal konnte ich ihre Narbe sehen. Sie wirkte fast schwarz in dem farbigen Licht der Lampe und den Schatten, und sie war viel breiter, als ich angenommen hatte, ein Spalt aus dunkler, runzliger Haut, der über die gesamte Gesichtshälfte verlief.

»So komisch gehen?« sagte ich und schaute auf meine Füße hinab.

»Als könntest's nit ertragn, daß deine Füß den Boden berührn. Ich hab mir drübn am Abstieg die Füß verbrannt. Du nit. Also geh nit so komisch.«

»Es tut mir leid«, sagte ich. »Es wird nicht wieder vorkommen.«

Sie lächelte mir zu, und die Narbe verblich ein wenig. »Jetzt komm schon rein und lern die Mädchen kennen. Achte nit drauf, wenn se n paar Bemerkungen über dein Aussehn verliern. Sie ham noch nie nen *Spiegel* gesehn, aber sie sind ganz brav.« Sie öffnete die dicke Tür. Sie bestand aus Metallpapier, das mit einer dicken Isolierschicht versehen war. »Wir ziehn unsre Ausgehschuh hier draußn aus und tragn in der Abtei Schlappen.«

Drinnen war es viel kühler. In der Decke befand sich, umgeben von rosenfarbenen Chemileuchten, ein Wärmeabzugsventilator aus Plastik. Wir standen in einem Vorraum mit einem Gestell für die hohen Schuhe und die Lampen. Sie baumelten an ihren Gurten.

Jewell nahm auf einem Stuhl Platz und schnallte die unförmigen Schuhe auf. »Geh nie ohne Schuh und Lampe hinaus«, sagte sie und deutete auf das Gestell. »Die klein'n mit den Köperstirnbändern sinn für die Stadt. Ihre Energie reicht nur für ne Stund. Wenn du zu den Zapfstelln oder zum Spiralabstieg gehst, nimm ne große mit.«

In dem rosigen Licht sah sie anders aus. Ihre Narbe fiel kaum auf. Auch ihre Stimme war anders, tiefer. Sie klang älter als drüben beim Abstieg. Ich blickte auf und sah mich um.

»Wir blasn Stickstoff un Sauerstoff von einer Zapfstelle hinter dem Haus nein«, sagte sie. »Die Zapfer mögen's nit, wenn sie vor den Mädchen mit piepsgen, schwachen Heliumstimmen sprechn. Man wird das Helium 'türlich nit völlig los, und den Wasserstoff auch nit. Er sickert überall ein. Man kanns Gemisch höchstns verdünnen. Du kannst von Glück redn, daß nit am Anfang hier warst, bevor man ne

Atmosphär gzapft hatte. Damals mußt man Vakuumanzüg tragen.« Sie zwängte einen Fuß aus dem Schuh. Die Sohle war von Blasen überzogen. Sie wollte aufstehen, setzte sich aber wieder.

»Ruf nach Carnie«, bat sie. »Sag ihr, sie solls Verbandszeug mitbringn.«

Ich stellte meine Ausgehschuhe auf das Regal und schob die Innentür auf. Sie saß eng im Rahmen, öffnete sich aber schon auf eine bloße Berührung. Sie bestand aus dem gleichen Isoliermaterial wie die Außentür und führte in einen hübsch eingerichteten Raum, der nur aus Vorhängen und Pelzvorlegern zu bestehen schien, und aus Hängelampen, die kleine, farbige Lichtteiche aus Grün und Rosa und Gold warfen. Das Klaviersim stand vor der gegenüberliegenden Wand auf einem mit Schnitzereien verzierten Plastiktisch. Ich konnte niemanden im Raum sehen und wegen des Lärms des Gebläses auch keine Stimmen hören. Ich ging über einen blutroten Pelzläufer auf eine zweite, mit Vorhängen versehene Tür zu.

»Jewell?« sagte eine Frauenstimme. Das Gebläse verstummte, und ich sah, daß ich beinahe an ihr vorbeigegangen wäre. Sie saß in einem weißen Samtsessel in einer kleinen Nische, die ein Fenster gewesen wäre, wäre dies nicht Paylay. Sie trug ein Kostüm aus weißem Satinpapier mit einem langen Rock. Ihr Haar war hochgesteckt, und um den langen Hals trug sie eine Perlenkette. Sie saß so still da, die Hände im Schoß verschränkt und den Kopf leicht von mir abgewandt, daß ich sie gar nicht bemerkt hatte.

»Sind Sie Carnie?« fragte ich.

»Nein«, sagte sie, ohne dabei aufzusehen. »Was ist los?«

»Jewell hat sich die Füße verbrannt«, sagte ich. »Sie braucht Verbandszeug. Ich bin der neue Klaviersimspieler.«

»Ich weiß«, sagte das Mädchen. Es hob den Kopf ein wenig in Richtung der Treppe und rief: »Carnie! Hol den Verbandskasten.«

Ein Mädchen in einer orangeroten Robe und ohne Schuhe kam die Treppe hinabgelaufen. »Etwa Jewell?« sagte es zu dem Mädchen in dem weißen Kleid, und als dies nickte, lief Carnie an uns vorbei in den Nebenraum. Ich konnte das hohl klingende Geräusch hören, mit dem sich eine Isolationstür öffnet. Das Mädchen hatte sich nicht gerührt, um aufzustehen und sich Jewell anzusehen. Es saß völlig still in dem weißen Stuhl, die Hände noch immer ruhig im Schoß verschränkt.

»Jewells Füße sehen ziemlich schlimm aus«, sagte ich. »Wollen Sie sie sich nicht wenigstens mal ansehen?«

»Nein«, sagte sie und schaute zu mir auf. »Mein Name ist Pearl«, sagte sie. »Ich hatte einmal einen Freund, der Klaviersimspieler war.«

Selbst da hätte ich nicht gewußt, daß sie blind war, wenn mein

Onkel es mir nicht gesagt hätte. »Die meisten Mädchen sind Neuankömmlinge, die Jewell direkt von den Schiffen für Paylay angeworben hat, bevor die Glückshäuser sie in den Untergang reißen können«, hatte mein Onkel gesagt. »Sie hat nur ein paar Mädchen von Solfatara mitgebracht; Mädchen, die mit ihr in dem Glückshaus gearbeitet haben, aus dem sie kommt. Carnie und Sapphire, glaube ich, und Pearl, die Blinde.«

»Die Blinde?« hatte ich gesagt. Solfatara liegt ziemlich abseits, aber Ärzte gibt es überall.

»Er schnitt... der Sehnerv wurde durchtrennt. Sie setzten ihr Augapfelimplantate ein und verbanden sie mit den Muskeln, aber das war nur eine Schönheitsoperation. Sie ist völlig blind.«

Selbst nach all den schrecklichen Geschichten, die ich über Solfatara gehört hatte, schockierte mich die Vorstellung, daß jemand so etwas tun konnte. Ich weiß noch, daß ich dachte, der Mann müsse unglaublich grausam gewesen sein, um so etwas zu tun, und daß es barmherziger gewesen wäre, sie auf der Stelle zu töten, statt sie hilflos und derart behindert an einem Ort wie Solfatara zurückzulassen.

»Wer hat ihr das angetan?« fragte ich.

»Ein Zapfer«, sagte er, und eine Minute lang sah er Kovich sehr ähnlich, so ähnlich, daß ich fragte: »War es der gleiche Mann, der Kovich die Hände gebrochen hat?«

»Ja«, sagte mein Onkel.

»Hat man ihn getötet?« sagte ich, aber das war nicht die Frage, die ich eigentlich stellen wollte. Ich wollte fragen, ob Kovich ihn getötet hatte, aber statt dessen hatte ich ›man‹ gesagt.

Und mein Onkel, der überhaupt nicht wie Kovich aussah, hatte gesagt: »Ja, man hat ihn getötet«, als wäre diese Frage doch die richtige gewesen.

Die Augapfelimplantate und die Muskelverbindungen waren sehr gut. Ihre Augen waren von einem wunderschönen Hellgrau, und jemand hatte ihr beigebracht, mit ihnen den Stimmen zu folgen. Überhaupt nichts an ihrer Kopfhaltung, den Augen oder den ruhigen Händen verriet mir, daß sie blind war, oder erzeugte Mitleid in mir, und als ich dort stand und zu ihr hinabschaute, war ich froh, sehr froh, daß man ihn getötet hatte. Ich hoffte nur, man hatte ihm zuerst die Augen aus den Höhlen gerissen.

Carnie jagte mit dem Erste-Hilfe-Kasten an uns vorbei, und noch immer zu Pearl hinabschauend sagte ich: »Mal sehen, ob ich ihr helfen kann.« Ich kehrte in den Vorraum zurück und sah zu, wie Carnie eine Art Öl und dann einen netzähnlichen Verband auf Jewells Füße gab und sie dann mit Mullbinden umwickelte.

»Des ist Carnelian«, sagte Jewell. »Carnie, des ist unser neuer Klaviersimspieler.«

Sie lächelte mir zu. Sie wirkte sehr jung. Sie mußte noch ein Kind gewesen sein, als sie mit Jewell in dem Glückshaus auf Solfatara gearbeitet hatte.

»Ich wett, du kannst wirklich tolle Sachn mit deinen Händn anstelln«, sagte sie und kicherte.

»Ärgre ihn nit«, sagte Jewell. »Er is hier, um Klaviersim zu spieln.«

»Ich *meint* doch auf dem Klaviersim. Du siehst gar nit aus wie 'n *Spiegel*. Wen wirst kopiern?«

»Er wird gar keinen kopiern«, sagte Jewell scharf. »Er wird Klaviersim spieln, un das is alles. Is das Essen fertig?«

»Nein. Ich war grad in der Küch, und Sapphire war noch gar nit da.« Sie sah wieder zu mir auf. »Wenn du jemanden kopierst, siehst dann aus wie er?«

»Nein«, sagte ich. »Du denkst an ein Chamäleon.«

»Du denkst überhaupt nit«, sagte Jewell zu ihr und stand auf. Sie zuckte ein wenig zusammen, als die Füße mit ihrem Körpergewicht belastet wurden. »Geh und hol mir Garnets Schlappn. Ich komm nit mehr in meine rinn. Un dann ab mit dir in die Küch, bis Sapphire doppelzapf noch mal dort aufkreuzt.«

Sie ließ mich ihr zur Treppe helfen, aber nicht die Stufen hinauf. »Wenn Carnie zurückkommt, läßt du dir von ihr dein Zimmer zeign. Wir arbeitn in Acht-Stunden-Schichten, und es is bald Zeit für den Wechsel. Wenns willst, kannst bis zum Essen übn.«

Sie trat zwei Stufen hinauf und blieb stehen. »Wenn Carnie dir noch mehr dumm Frag stellt, sag ihr, ich hätte ihr gsagt, sie soll dich in Ruh lassen. Ich will nix mehr von dem Unsinn über Kopieren und *Spiegel* hörn. Du bist hier, um Klaviersim zu spieln.«

Sie ging die Stufen hinauf, und ich kehrte ins Musikzimmer zurück. Pearl war noch dort, saß in dem weißen Stuhl, und ich wußte nicht, ob die Anweisung, mich in Ruhe zu lassen, auch für sie galt, also nahm ich auf dem harten Holzstuhl Platz und betrachtete das Klaviersim.

Es hatte einen hölzernen Resonanzboden und Saitenhalter aus dem gleichen Material, aber die Saiten waren aus Plastik statt aus Metall. Ich versuchte ein paar Akkorde, und es schien trotz der Saiten einen guten Klang zu haben. Ich spielte ein paar Tonleitern und weitere Akkorde und musterte die Namen auf den Notenbüchern, die gegen das Musikgestell gelehnt standen. Ich kann natürlich keine Noten lesen, aber anhand der Titel stellte ich fest, daß ich die meisten Lieder kannte.

»Das ist doch Unsinn, oder?« sagte Pearl. »Das mit dem Kopieren.« Sie sprach langsam und ohne die Silben zu verschlucken, ohne diesen Akzent, den Jewell und Carnie an den Tag legten.

Ich drehte mich auf dem Stuhl herum und sah sie an. »Nein«, sagte ich. »*Spiegel* müssen kopieren. Sie können nicht anders. Sie wissen nicht einmal, wen sie kopieren. Jewell glaubt mir nicht. Glauben Sie mir?«

»Das schlimmste daran, blind zu sein, ist nicht das, was einem angetan wird«, sagte sie und schaute wieder mit ihren blinden Augen zu mir auf. »Sondern, daß man nicht weiß, wer einem etwas antut.«

Carnie kam durch die Vorhangtür. »Ich soll dir alles zeign«, sagte sie. »Oh, Pearl, ich wünscht, du könntst ihn sehn. Er hat acht Finger an jeder Hand, un er is wirklich groß. Reicht fast bis zur Deck. Un seine Haut ist hellrot.«

»Wie die eines Sidons«, sagte Pearl und sah mich an.

Carnie schaute zu dem blutroten Läufer hinab, auf dem sie stand. »Genauso«, sagte sie und schleppte mich nach oben, um mir mein Zimmer und die Kleider, die ich tragen sollte, zu zeigen, und mich den anderen Mädchen vorzustellen. Sie waren schon für den Schichtwechsel in langfallende, zu ihren Namen passende Kleider aus Satinpapier gekleidet. Garnet trug rosenrote Chemileuchten in ihrem hochgesteckten Haar, Emerald einen entsprechend leuchtenden Halskragen.

Carnie zog sich vor mir an, stieg aus ihrer Robe und in ein orangerotes Kleid, als ob ich gar nicht existierte. Sie bat mich, ihre funkelnd gelben Armreifen zu befestigen und schob die roten Locken hoch, damit ich die Bänder der Chemileuchten hinter ihren Schultern zusammenbinden konnte. Mir wurde damals nicht klar, ob sie mich verführen oder verleiten wollte, sie zu kopieren, oder ob sie mich einfach überzeugen wollte, daß sie das naive Kind war, das zu sein sie vorgab.

Damals war ich der Meinung, was immer sie auch versucht hatte, sie war gescheitert. Es war ihr nur gelungen, mich von dem zu überzeugen, was mein Onkel mir schon gesagt hatte. Trotz ihrer Jugend, ihrer Einfältigkeit, mochte ich nun gern glauben, daß sie auf Solfatara gewesen war und alles kennengelernt hatte, die Perversen, die Trunkenbolde, das Schlimmste, das die Glückshäuser anzubieten hatte. Nun glaube ich jedoch, daß sie damit gar nichts bezwecken, sondern einfach nur grausam sein, mich einfach nur quälen wollte, als sei ich ein Tier in einem Käfig.

Als ich beim Abendessen beobachtete, daß Sapphire Pearls Teller genau zwischen zwei markierte Punkte setzte, fragte ich mich, ob Carnie auch Pearl gegenüber so grausam war wie mir gegenüber, indem sie den Teller vielleicht ein wenig zur Seite rückte oder den Stuhl verschob, so daß Pearl ihn nicht finden konnte.

Sapphire stellte die restlichen Teller auf den Tisch; in ihren dunkelblauen Augen zeigten sich die Spuren einer alten Verbitterung, und ich dachte, außer Pearl hätte Jewell kein Mädchen von Solfatara mit hierher bringen sollen. Pearl ist die einzige, die dadurch nicht zugrunde gerichtet wurde. Ihre Blindheit hat sie unversehrt belassen, dachte ich. Sie ist vor all den Schrecken bewahrt worden, weil sie sie nicht sehen konnte. Vielleicht schützt ihre Blindheit sie auch vor Carnie. Vielleicht ist das das Geheimnis, daß sie in ihrer Blindheit sicher ist und niemand sie verletzen kann, und Jewell weiß das. Damals dachte ich nicht an den Mann, der sie geblendet hatte, und daß sie vor ihm ganz und gar nicht sicher gewesen war.

Jewell rief zur Mahlzeit zusammen. »Ich möcht, daß ihr unsern neuen Klaviersimspieler willkommen heißt«, sagte sie. Sie griff über den Tisch und tätschelte Carnies Hand. »Danke, daß du ihn den Mädchen vorgstellt un meinen Fuß verbunden hast«, sagte sie, und ich dachte, Pearl ist trotz allem in Sicherheit. Jewell hat Carnie und all die anderen gezähmt. Ich dachte nicht an den Sidon, den sie gezähmt hatte, und daran, daß er nun auf dem Boden vor der Tür des Spielzimmers lag.

In dieser ersten Schicht steckte Jewell mich in einen Smoking und einen schwarz-roten, steifen Kragen und ließ mich neben ihr an der Tür Posten beziehen, während sie die Zapfer begrüßte. Auch sie trugen formelle Kleidung unter ihren rußgeschwärzten Arbeitsjacken. Sie hingen die vieltaschigen Jacken, schwer vor Werkzeugen, zu ihren Lampen an das Gestell im Vorraum und setzten sich, um mit Händen, die fast so rot wie die meinen waren, ihre hohen Schuhe auszuziehen. Sie hatten sich Hände und Gesichter gewaschen, doch ihre Fingernägel waren schwarz vor Ruß, und Ruß war auch in jeder Linie auf ihren Händen. Ihre Gesichter wirkten heiß und rauh, und bei allen hatten die Lampenbänder breite, bleiche Streifen auf der Stirn zurückgelassen. Bei einem von ihnen, den Jewell Scorch nannte, waren die Augenbrauen und ein langer Haarstreifen auf der Schädeldecke abgesengt.

»Du wirst bei dieser Schicht fast alle Zapfer kennenlernen. Die Spielhall wird auf halber Strecke schließn, un der Rest von ihnen wird rüberkommen. Taber un ich legn die Schichten so, daß ein Laden immer geöffnet hat.«

Sie stellte mich nicht vor, obwohl ein paar Zapfer neugierig meine achtfingrigen Hände betrachteten, und einer der Männer wirkte überrascht und dann wütend. Es hatte den Anschein, als wolle er etwas zu mir sagen, doch dann überlegte er es sich anders, und sein Gesicht wurde roter und dunkler, bis der Lampenstreifen wie eine Narbe hervorstach.

Als sich alle im Musikzimmer versammelt hatten, führte Jewell mich ans Klaviersim und ließ mich Platz nehmen und die Hände über die Tasten ausbreiten, bereit zum Spielen. Dann sagte sie: »Das ist mein neuer Klaviersimspieler, Jungs. Sagt hallo zu ihm.«

»Wie heißt er, Jewell?« fragte einer der Männer. »Gibst ihm nen Phantasienamen, wie den Mädchen?«

»Ich hab noch nit drüber nachgdacht«, sagte sie. »Was denkt ihr?«

Der Zapfer, der so rot geworden war, sagte laut: »Ich denk, du solltest ihn Sidon nennen und rauswerfen, daß er auf Paylay verbrennt. Er ist ein *Spiegel.*«

»Ich hab schon ne Carnelian un ne Garnet. Und ich hatt einmal nen Sidon. Ich glaub, ich werd ihn Ruby nennen.« Sie schaute ruhig zu dem Mann hinüber, der das Wort ergriffen hatte. »Is das recht so, Jack?«

Sein Gesicht war so dunkelrot wie das meine. »Ich wollt nit stänkern, Jewell«, sagte er. »Du versuchst, was du mit dem Sidon versucht hast, nimmst jemand auf, der über dich herfallen wird. Noch nit mal auf Solfatara duldet man *Spiegel.*«

»Das ist wohl ne gute Empfehlung«, sagte Jewell leise, »wenn man bedenkt, wer alles auf Solfatara geduldet wird. Trunkenbolde, Spieler, Zapfdiebe, Perverse...«

»Du hast gsehn, wie dieser *Spiegel* den Zapfer getötet hat. Stand direkt vor allen Leuten da, und keiner konnt ihn aufhalten. Keiner. Der Zapfer winselte um Gnad, die Händ schützend ausgestreckt, un dieser *Spiegel* ging mit dem Vibromesser auf ihn los und lächelte noch dabei.«

»Ja«, sagte Jewell. »Ich hab's gesehen. Ich hab auf Solfatara vieles gesehen. Aber das ist Paylay. Un das is mein Klaviersimspieler Ruby. Ich bin nit der Meinung, jemand sollt zum Verbrecher erklärt werden, bevor er was angstellt hat, meinst nit, Jack?« Sie legte die Hand auf meine Schulter. »Kennst du ›Wieder zu Haus‹?« fragte sie. Natürlich kannte ich es. Ich kenne alle Zapferlieder. Bevor jemand Kovich die Hände brach, hat er in allen Glückshäusern auf Solfatara gespielt. ›Wieder zu Haus‹ war das Lied gewesen, das er immer spielte, wenn es einmal zu hoch herging und die Gemüter sich dringendst beruhigen mußten.

»Dann spiel's«, sagte sie. »Zeig ihnen, was du kannst, Ruby.«

Ich spielte es mit jeder Menge Triller und gedehnter Oktaven, all den hübschen Sachen, die Kovich mit fünf Fingern statt mit acht zustande gebracht hatte. Dann machte ich eine Pause und wartete. Die Stickstoffgebläse setzten aus, und selbst die Ventilatoren gaben keinen Laut von sich. Während des Lieds war Jewell zu Jack getreten und hatte ihm im Versuch, ihn zu zähmen, die Hand auf die Schulter gelegt. Ich fragte mich, ob es ihr gelungen war. Jack sah mich an, dann Jewell und dann wieder mich. Seine Hand fuhr in sein Hemd, und mein Herz blieb fast stehen, bis er sie wieder hervorbrachte.

»Jewell hat recht«, sagte er. »Man sollt einen Mann nit beurteiln, bis man gsehen hat, was er kann. Das war gut gspielt«, sagte er und reichte mir eine plastikumhüllte Zigarre. »Willkommen auf Paylay.«

Jewell nickte mir zu, und ich streckte die Hand aus und ergriff die Zigarre. Ich fummelte an ihr herum, um das schlüpfrige Plastik zu entfernen, und mußte sie mir dann ansehen, um sicherzugehen, daß ich auch das richtige Ende in den Mund bekam. Ich steckte sie mir in den Mund und tastete in der Jackentasche nach meinem Funkensprüher. Ich wußte nicht, was passieren würde, wenn ich die Zigarre anzündete. Nach allem, was hier vor sich ging, war sie vielleicht mit Schießpulver gespickt. Jewell wirkte nicht besorgt, aber andererseits hatte sie ja auch den Sidon falsch eingeschätzt.

Meine Hand schloß sich um den Funkensprüher in der Tasche, die Stickstoffgebläse sprangen plötzlich an, und Jack sagte träge: »Womit willst se anzündn, Ruby? Es gibt kein einzges Streichholz auf Paylay!«

Jewell lachte, und die Männer brachen in Gewieher aus. Ich zog einfältig die leere Hand aus der Jackentasche, nahm die Zigarre aus dem Mund und betrachtete sie. »Ich habe vergessen, daß man auf Paylay nicht rauchen kann«, sagte ich.

»Du un jeder Zapfer, der den Abstieg nabkommt«, sagte Jewell. »Wieviel Neuen hat Jack diesn Streich schon gspielt?«

»Alln«, sagte Jack und schaute selbstzufrieden drein. »Er hat sogar bei dir geklappt, Jewell, un du warst nit grad grün hinter den Ohrn.«

»Hat er nit, du dreimal verzapfter Lügner«, sagte sie. »Spiel uns noch was vor, Ruby«, fuhr sie fort. »Was soll Ruby euch spieln, Jungs?«

Scorch rief den Titel eines Songs, und ich spielte ihn, und dann noch einen, aber ich wußte gar nicht, was ich spielte. Es war ein Scherz gewesen, dem Neuling eine Zigarre anzubieten und dann zuzusehen, wie er sie auf einem Stern, auf dem kein offenes Feuer gestattet ist, anzuzünden versuchte. Ein guter Scherz, und Jack hatte ihn mir trotz dessen, was er auf Solfatara gesehen hatte, gespielt, um Jewell zu zeigen, daß er mich nicht für einen Sidon hielt, und daß er abwarten wollte, um zu sehen, wie ich mich verhalten würde, bevor er sich ein Urteil über mich bildete.

Und das wäre zu spät gewesen. Was wäre geschehen, wenn ich die Zigarre angezündet hätte? Wäre das Haus mit einem Feuerball in die Luft gegangen, oder ganz St. Pierre? Das Wasserstoff-Sauerstoff-Verhältnis war in der oberen Atmosphäre hoch genug gewesen, daß wir die Triebwerke in einem Kilometer Höhe ausschalten und im Spiralflug landen mußten, und hier bliesen die Ventilatoren noch mehr Sauerstoff hinein. Halb Paylay hätte in die Luft fliegen können.

Ich wußte, wie es passiert war. Jewell hatte den Landepiloten unterbrochen, bevor er nach Funkensprühern fragen konnte, und weil sie sich die Füße verbrannt hatte, befand sich nun ein lebendiger Funkensprüher in ihrem Haus. Und sie hatte Jack gerade davon überzeugt, daß ich nicht gefährlich sei.

Ich hatte zu spielen aufgehört, saß da und starrte blind auf die Tasten, die nicht angezündete Zigarre so hart zwischen die Zähne geklemmt, daß ich sie fast durchgebissen hatte. Die Männer riefen noch immer Songtitel, aber Jewell trat zwischen sie und mich und legte ein Notenbuch auf das Musikgestell. »Keine weiteren Wünsche«, sagte sie. »Pearl wird für euch singen.«

Pearl stand auf und schritt ohne Hilfe von ihrem weißen Sessel zum Klaviersim. Sie blieb keine drei Zentimeter vor mir stehen und legte die Hand sicher auf das Tastaturende. Ich sah mir das Lied an. Vor ihrem Einsatz kam eine Notenzeile, aber ich kannte diese Version nicht, nur das Lied, das Kovich gekannt hatte, und das fing mit der Textzeile an. Ich konnte ihr nicht zunicken, und sie konnte meine Hände auf den Tasten nicht sehen.

»Ich kenne die Einführung nicht«, sagte ich. »Nur die Verszeilen. Was soll ich tun?«

Sie beugte sich zu mir hinab. »Legen Sie Ihre Hand auf meine, wenn Sie bereit sind, und ich werde bis drei zählen«, sagte sie und richtete sich wieder auf, wobei sie die Hand an Ort und Stelle ließ.

Ich sah zu ihrer Hand hinab. Carnie hatte ihr von meinen Händen erzählt, und wenn ich sie sanft berührte, nur mit den Mittelfingern, würde sie vielleicht nicht einmal einen Unterschied zu einer menschlichen Hand feststellen. Ich wollte sie unter keinen Umständen erschrecken. Ich hätte es wohl nicht ertragen können, wäre sie vor mir zurückgeschreckt.

Jetzt bin ich der Ansicht, daß es wohl besser gewesen wäre, wenn sie zurückgeschreckt wäre, daß ich es besser hätte ertragen können als dies hier, wie sie hier sitzt, den Kopf in meinem Schoß, und wartet. Wäre sie vor mir zurückgeschreckt, hätte Jack es gesehen. Er hätte gesehen, wie sie vor mir zurückweicht, und das wäre ihm Anlaß genug gewesen, mich am Kragen zu packen und hinauszuwerfen, mir einen so harten Tritt zu versetzen, daß ich die Holztreppe hinabgestürzt und mir der Funkensprüher aus der Tasche gepoltert und ich im Glutofen von Paylay verbrannt wäre.

»Warum hast das getan?« hätte Jewell gesagt. »Er hat doch nichts angestellt, nur ihre Hand berührt.«

»Und er wird auch nix mehr mit ihr anstelln«, hätte er gesagt und Jewell den Funkensprüher gegeben. Und ich wäre nicht imstande gewesen, ihr wirklich etwas anzutun.

Aber sie zuckte nicht zurück. Sie atmete kurz ein, was nicht mehr Zeit in Anspruch nahm, als ich benötigte, um mit der Hand zu den Tasten zurückzukehren und die erste Note anzuschlagen, als sie bis drei gezählt hatte, und wir fingen gemeinsam an. Ich spielte keine Triller, keine gedehnten Oktaven. Ihre Stimme war klar und dünn und durchdringend. Sie brauchte mich nicht.

Als Pearl geendet hatte, klatschten die Männer Beifall und riefen die Titel weiterer Lieder. Einige waren mir unbekannt, und ich fragte mich, wie ich es ihnen beibringen konnte, aber Jewell sagte: »Na, na, Jungs. Unser Klaviersimspieler soll sich doch nit schon am ersten Abend verausgabn. Laßt ihn zu Bett gehn. Er wird in der nächsten Schicht wieder auftreten. Wer will denn ne Runde Katmai spieln?« Sie griff herüber und zog die Schutzhülle über das Klaviersim. »Nimm die vordere Trepp«, sagte sie. »Hinten nehmn die Zapfer die Mädchen mit nach oben.«

Pearl beugte sich zu mir hinab und sagte: »Gute Nacht, Ruby«, und ergriff dann Jacks Arm, als wisse sie genau, wo er stand, und trat durch die Vorhangtür ins Spielzimmer. Die anderen folgten, immer zu zweit, bis alle Mädchen mit Beschlag belegt waren, und dann im unregelmäßigen Gänsemarsch. Jewell löste die schweren Vorhänge, so daß sie hinter ihnen über die Tür fielen.

Ich ging hinauf, legte die Papierschlappen und den unbequemen Kragen ab und setzte mich auf die Kante des Bettes, das Jewell für mich hergerichtet hatte, indem sie, um es zu verlängern, einen kleinen Tisch an sein Fußende gestellt hatte. Ich dachte über Pearl und Jack nach, und darüber, wie ich Pearl zu Anfang der nächsten Schicht den Funkensprüher geben wollte, und fragte mich, wen ich kopierte. Ich musterte mich in dem kleinen Plastikspiegel über dem Bett und versuchte, Jewell oder Jack in meinen Gesichtszügen auszumachen.

Ich hatte die Zigarre auf dem Musikgestell liegen lassen. Ich schlüpfte wieder in die Schlappen und ging hinab. Im Musikzimmer hielt sich niemand auf, und die Vorhänge waren noch immer über der

Tür zum Kartenzimmer hinabgelassen. Ich trat zum Klaviersim und nahm die Zigarre. Ich hatte sie fast durchtrennt, und nun biß ich das ausgefranste Ende ab. Dann kaute ich auf dem neuen Endstück herum, setzte mich auf den Klavierstuhl und spreizte die Hände so weit, wie ich sie über die Tasten breiten konnte.

»Ich habe gehört, Sie seien ein *Spiegel*«, sagte eine Männerstimme aus der Nische, in der Pearls Sessel stand. »Ich kannte mal einen *Spiegel*. Oder er kannte mich. Muß man eigentlich sagen, oder?«

Ich hätte beinahe gesagt: »Sie dürfen nicht in diesem Sessel sitzen«, mußte aber feststellen, daß ich keinen Ton über die Lippen brachte.

Der Mann erhob sich und trat zu mir. Er war wie die anderen gekleidet, mit einem breiten schwarzen Kragen, aber seine Hände und das Gesicht waren fast weiß, und es zog sich kein hellerer Streifen über seine Stirn. »Mein Name ist Taber«, sagte er in langsamem, gedehntem Tonfall, der dem schnellen, vokalverkürzenden Akzent der anderen gar nicht ähnlich war. Ich fragte mich, ob er von Solfatara gekommen war. Alle anderen außer Pearl verkürzten die Vokale, bissen sie ab, wie ich die Zigarre abgebissen hatte. Allein Pearl schien keinen Akzent zu haben, als habe ihre Blindheit sie auch vor der Sprache Solfataras geschützt.

»Willkommen auf St. Pierre«, sagte er, und ich verspürte einen tiefen Schrecken. Ich wußte nicht, wer St. Pierre war, aber als er sprach, wußte ich, daß St. Pierre nicht der Schutzheilige der Zapfer war, und daß Taber einen unaussprechlich grausamen Scherz, den nur er verstand, gemacht hatte, als er der Stadt diesen Namen gab.

»Ich muß nach oben«, sagte ich, und die Hand, mit der ich die Zigarre hielt, zitterte. »Jewell ist im Spielzimmer.«

»Oh«, sagte er träge, holte eine Zigarre aus der Tasche und wickelte sie aus. »Ist Pearl auch da?«

»Pearl?« sagte ich so verängstigt, daß ich nicht atmen konnte.

Er strich über die Jackentaschen und griff in sein Hemd. »Ja. Sie wissen doch, das blinde Mädchen. Das hübsche.« Er zog einen Funkenschläger aus der Innentasche, drückte den Hahn zurück und sah mich an. »Wie schade, daß sie blind ist. Ich wünschte, ich wüßte, was mit ihr passiert ist. Wissen Sie, sie hat es keiner Menschenseele erzählt«, sagte er und ließ den Funkenschläger klicken.

Es war kein echter. Nach einem Augenblick der Erstarrung erkannte ich, daß sich überhaupt keine Flüssigkeit in ihm befand. Er ließ ihn noch zweimal klicken, hielt ihn mit einer schrecklich übertriebenen Pantomime ans Ende der Zigarre und steckte ihn wieder ein.

»Könnte ich es doch nur herausfinden«, sagte er. »Ich könnte etwas damit anfangen.«

»Ich kann Ihnen nicht helfen«, sagte ich und schob mich zur Treppe.

Er trat mir in den Weg. »Oh, das glaube ich doch. Sind *Spiegel* nicht genau dafür da?« sagte er, zog an der nicht angezündeten Zigarre und blies mir imaginären Rauch ins Gesicht.

»Ich werde Ihnen nicht helfen«, sagte ich so laut, daß ich hoffte, Jewell würde kommen und Taber sagen, mich in Ruhe zu lassen, wie sie es Carnie gesagt hatte. »Sie können mich nicht dazu zwingen.«

»Natürlich nicht«, sagte er. »So funktioniert das nicht. Aber das wissen Sie ja sicher«, und er ließ mich vorbei.

Ich saß die restliche Schicht über auf dem Bett, hielt den echten Funkenschläger zwischen den Händen und wartete darauf, Jewell berichten zu können, was Taber zu mir gesagt hatte. Aber die nächste Schicht war die Schlafschicht, und die darauffolgende spielte ich acht Stunden lang ununterbrochen die Liederwünsche der Zapfer. Den größten Teil der Schicht stand Taber neben dem Klaviersim und schnippte imaginäre Asche auf meine Hände.

Nach der Schicht kam Jewell zu mir und fragte mich, ob Jack oder sonst jemand mich belästigt habe, und ich erwähnte Taber schließlich doch nicht. Während der nächsten Schlafschicht versteckte ich den Funkenschläger zwischen der Matratze und dem Bettgestell.

Die Wachschichten über hielt ich mich so oft wie möglich in Jewells Nähe auf, versuchte, mich bei ihr nützlich zu machen, versuchte, nicht zu kopieren, wie sie auf ihren verbundenen Füßen ging. Wenn ich nicht spielte, bediente ich die Zapfer mit alkoholischen Getränken, die mit Wasser oder Eis verdünnt waren, und füllte den Männern, die ein Mädchen mit nach oben nehmen wollten, die Kontokarten aus. In den Freischichten lernte ich, die Unterlagen für die Guthabenüberweisungen nach Solfatara auszufüllen und die Wäsche zu waschen, und nach ein paar Wochen ließ Jewell mich bei den Gesundheitsüberprüfungen der Mädchen helfen. Sie suchte nach Fixen-Spuren und Vibronarben und führte auch die standardmäßige Routineuntersuchung durch, zu der jede Abtei verpflichtet ist. Pearl trug keine Spuren, und ich war erleichtert. Ich wurde die Vorstellung nicht los, daß Taber sie irgendwie quälte.

Jewell ließ uns allein, während ich ihr nach der Untersuchung beim Anziehen half, und ich sagte: »Taber ist ein sehr schlechter Mensch. Er will Ihnen weh tun.«

»Ich weiß«, sagte sie. Sie stand ganz still, während ich den Perlenverschluß hinten auf ihrem Kleid zuknöpfte.

»Warum?«

»Keine Ahnung«, sagte sie. »Es ist wie mit einem Sidon.«

»Sie meinen, er kann nicht dafür, daß er nicht weiß, was er tut?« sagte ich wütend. »Er weiß genau, was er tut.«

»Als der Sidon im Käfig steckte, haben die Zapfer ihn immer mit Stöcken gequält«, sagte sie. »Sie kamen aber nicht an ihn heran, um ihm wirklich weh zu tun, und das ging Taber gegen den Strich. Er ließ sich von den Zapfern den Käfigschlüssel geben, damit er zu ihm hereinkam. Nur so konnte er ihn quälen. Aber warum wollte er dem Sidon weh tun?«

»Weil er hilflos war«, sagte ich, und ich fragte mich, ob der Mann, der Pearl geblendet hatte, von der gleichen Art gewesen war. »Weil er sich nicht wehren konnte.«

»Jewell und ich waren auf Solfatara im gleichen Glückshaus«, sagte sie. »Wir hatten einen Freund dort, einen Klaviersimspieler wie Sie. Er war wie Sie sehr groß, und er war der freundlichste Mensch, den ich je gekannt habe. Manchmal erinnern Sie mich an ihn.« Sie ging mit traumhafter Sicherheit zur Tür, als würde sie gar nicht die eingeprägten Schritte zählen. »Ein Käfig ist ein sicherer Ort, solange niemand den Schlüssel hat. Machen Sie sich keine Sorgen, Ruby. Er kann nicht herein.« Sie drehte sich um und schaute zu mir. »Würden Sie mitkommen und für mich spielen?«

»Ja«, sagte ich und folgte ihr hinab ins Musikzimmer. Vor Schichtanfang, während die Mädchen sich oben ankleideten, saß sie gern in dem weißen Sessel und hörte mir zu. Sie verstand, mehr als alle anderen, daß ich nur die Lieder spielen konnte, die ich von Kovich kopiert hatte. Jewell glaubte bis zum Schluß, ich könne Noten lesen, und Taber brachte mir sogar Notenbücher von Solfatara. Pearl nannte die Lieder einfach beim Namen, und wenn ich sie kannte, spielte ich sie. Sie hat nie um eins gebeten, das ich nicht kannte, und ich dachte, dies läge daran, daß sie aufmerksam den Wünschen der Zapfer und meinen Ablehnungen lauschte, und war ihr dankbar.

Ich setzte mich ans Klaviersim und betrachtete Pearl im Spiegel. Ich hatte Jewell um den Spiegel gebeten, damit ich über die Schulter sehen konnte. Ich hatte ihr gesagt, sie könne mir dann Zeichen für die Lieder und Pausen geben, oder auch für die Schlußmelodie, falls die Männer grob oder laut werden sollten, aber in Wirklichkeit wollte ich nicht, daß Taber hinter mir stand, ohne daß ich es wußte.

»Wieder zu Haus«, sagte Pearl. Ich konnte sie über dem Lärm des Stickstoffgebläses kaum verstehen. Ich fing an zu spielen, und Taber kam herein. Er trat schnell zu ihr und stand dann ganz still da, und wegen meines Spiels und des Lärms des Gebläses hatte sie ihn nicht gehört. Er stand etwa einen halben Meter von ihr entfernt, nahe genug, um sie zu berühren, aber gerade außer Reichweite, sollte sie die Hand ausstrecken und nach ihm greifen.

Er nahm die Zigarre aus dem Mund und beugte sich hinab, als wolle er etwas zu ihr sagen, aber statt dessen spitzte er die Lippen und blies sie sanft an. Ich konnte den Rauch fast sehen. Zuerst schien sie es nicht zu bemerken, doch dann erschauderte sie und zog ihren Schal aus Glanzfäden enger zusammen.

Er hörte damit auf und lächelte einen Augenblick, streckte dann die Hand aus und berührte sie leicht mit der Zigarrenspitze an der Schulter, als wolle er sie verbrennen. Dann sprang er aus ihrer Reichweite. Sie tastete durch die Luft, und er wiederholte die kleine Pantomime immer wieder, bis sie aufstand und angesichts dessen, was sie nicht sehen konnte, hilflos die Hände hob. Inzwischen ging er schnell und leise zur Tür, so daß er, als sie »Wer ist das? Wer ist da?« rief, mit seiner langsamen, gedehnten Stimme sagen konnte: »Ich bin es, Pearl. Ich bin gerade hereingekommen. Habe ich dich erschreckt?«

»Nein«, sagte sie und setzte sich wieder. Aber als er ihre Hand ergriff, zuckte sie vor ihm zurück, genauso, wie ich angenommen hatte, sie würde vor mir zurückschrecken. Und die ganze Zeit über hatte ich keinen einzigen Takt des Songs verpaßt.

»Ich kam nur, um dich eine Minute zu sehen«, sagte Taber, »und um euerm Klaviersimspieler zuzuhören. Er wird von Tag zu Tag besser, nicht wahr?«

Pearl antwortete nicht. Im Spiegel sah ich, daß ihre Hände wieder in ihrem Schoß verschränkt ruhten und sich nicht bewegten.

»Ja«, sagte er, trat zu mir und schnippte imaginäre Asche von seiner nicht angezündeten Zigarre auf meine Hände. »Immer besser«, sagte er. »Ich kann schon fast mein Gesicht in dir sehen, *Spiegel.*«

»Was hast du gesagt?« fragte Pearl besorgt.

»Ich sagte, ich rede lieber mal kurz mit Jewell über ein Geschäft und geh dann zurück nach nebenan. Jack stieß heute auf eine neue Wasserstoff-Zapfstelle, eine große.«

Er kehrte durch das Spielzimmer in die Küche zurück, und ich setzte mich ans Klaviersim und beobachtete ihn im Spiegel, bis ich sah, wie sich die Küchentür hinter ihm schloß.

»Taber war die ganze Zeit hier«, sagte ich. »Er hat... Sie geärgert.«

»Ich weiß«, sagte sie.

»Das sollten Sie nicht zulassen. Sie sollten ihm Einhalt gebieten«, sagte ich heftig, und im Augenblick, da ich es sagte, wußte ich, daß sie wußte, daß ich ihm auch keinen Einhalt geboten hatte. »Er ist ein sehr schlechter Mensch«, sagte ich.

»Er hat mich nie eingesperrt«, sagte sie nach einer Weile. »Er hat mich nie gefesselt.«

»Er hat noch nicht herausbekommen, wie er das kann«, sagte ich, und ich wußte, daß es die Wahrheit war. »Er will, daß ich es für ihn herausfinde.«

Sie krümmte sich und legte den Kopf auf die Hände, deren Gelenke noch immer verschränkt waren, eine entspannt wirkende Haltung, die nichts von dem verriet, was sie dachte. »Und werden Sie es für ihn herausfinden?« fragte sie.

»Ich weiß es nicht.« »Er versucht, Sie dazu zu bringen, ihn zu kopieren, nicht wahr?« sagte sie.

»Ja.«

»Und glauben Sie, daß es funktioniert?«

»Ich weiß es nicht«, sagte ich. »Ich kann nicht sagen, ob ich kopiere. Klinge ich wie Taber?«

»Nein«, sagte sie, so entschieden, daß ich erleichtert aufatmete. Ich hatte ängstlich meiner eigenen Stimme gelauscht, auf Jewells die Vokale verkürzenden Zapferdialekt gehofft, voller Schrecken auf den langsamen, trägen Tonfall Tabers gewartet. Ich war nicht der Meinung, eins davon gehört zu haben, hatte aber befürchtet, es nicht zu bemerken.

»Wissen Sie, wen ich kopiere?« fragte ich.

»Sie gehen wie Jewell«, sagte sie und lächelte ein wenig. »Es macht sie wütend.«

Erst am Ende der Schicht begriff ich, daß sie mir, wie mein Onkel, keine wirkliche Antwort auf meine Frage gegeben hatte.

Jacks neue Zapfstelle erwies sich als so groß, daß er eine Mannschaft benötigte, um die Kompressoren aufzubauen, und über mehrere Schichten hinweg war kaum jemand im Haus, einschließlich Taber. Weil das Geschäft so schleppend ging, schickte Jewell sogar ein paar Mädchen zur Spielhalle hinüber. Taber blieb der Zapfstelle fern, aber er kam auch nicht mehr so oft zu uns, und wenn er kam, verbrachte er seine Zeit oben oder mit Carnie, sprach leise mit ihr und ließ den Funkenschläger immer und immer wieder klicken, als sei dies eine Manie von ihm. Sobald die Kompressoren dann errichtet waren und der Sidon arbeitete, strömten die Männer nach St. Pierre zurück, und Taber hatte zu viel zu tun, um überhaupt noch herüberzukommen.

Das eine Mal, daß er kam, fand er Pearl allein bei mir vor. »Pearl, ich bin's, Taber«, sagte er, noch bevor ich einen lauten Ton anschlagen und »Taber ist hier!« sagen konnte. Er hatte seine Zigarre nicht dabei, und auch nicht den Funkensprüher, und er sprach nicht einmal mit mir. Als ich beobachtete, wie Pearl mit ihm sprach, den Kopf grazil von ihm abgewandt, die Hände im Schoß, konnte ich fast glauben, daß er keinen Erfolg haben würde, daß nichts sie verletzen konnte, so sicher wirkte sie in ihrer Blindheit.

Wir hatten so viel zu tun, daß Jewell kaum mit mir sprach, aber als sie mit mir redete, sagte sie in scharfem Tonfall, daß ich, wenn ich nichts Besseres zu tun hätte als sie zu kopieren, in der Bar aushelfen sollte, und trug mir auf, den verwässerten Schnaps auszuschenken, den sie zu Ehren des neuen Sidon ausgegeben hatte. Sie rechnete die Wocheneinnahmen selbst ab, während ich die Routineuntersuchungen durchführte.

Pearl, nackt unter dem Schirm, wirkte ruhig und unverletzt. Carnie hatte Einstichnarben am Arm. Ich meldete sie nicht. Wenn Jewell es herausfand, würde sie Carnie nach Solfatara zurückschicken, und ich wollte, daß Taber sich mit Carnie abgab, ihr Stoff gab und versuchte, sie dazu zu bringen, ihm zu helfen, weil ich dann glauben konnte, daß er es bei mir aufgegeben hatte. Daß er es bei Pearl aufgegeben hatte, wagte ich nicht zu hoffen, aber ich war nicht der Ansicht, daß er und Carnie allein sie verletzen konnten, gleichgültig, was sie ihr antaten. Nicht ohne meine Hilfe. Nicht, solange ich Jewell kopierte.

Ich erzählte Pearl von Carnie. »Ich glaube, sie hängt an der Fixe«, sagte ich. Wir waren allein im Musikzimmer. Jewell war oben und schlug sich mit der Buchhaltung herum. Carnie war in der Küche, sie war an der Reihe mit Küchendienst. »Mir ist etwas aufgefallen, das wie Einstichnarben aussah.«

»Ich weiß«, sagte Pearl, und ich fragte mich, ob es etwas gab, das sie nicht sah, trotz ihrer Blindheit.

»Ich glaube, du solltest vorsichtig sein. Taber gibt ihr das Zeug. Er benutzt sie, um dich zu verletzen. Sage ihr nichts.«

Sie schwieg, und nach einer Minute kehrte ich ans Klaviersim zurück und wartete darauf, daß sie ein Lied nannte.

»Ich wurde in dem Glückshaus geboren. Meine Mutter arbeitete dort. Hast du das gewußt?« sagte sie ruhig.

»Nein«, sagte ich und hielt die Hände über die Tasten ausgebreitet, als könnten sie mir Halt geben. Ich sah sie nicht an.

»Ich habe mir all die Jahre gesagt, solange niemand weiß, was passiert ist, bin ich in Sicherheit.«

»Weiß Jewell es nicht?«

Sie schüttelte den Kopf. »Niemand weiß es. Meine Mutter hat ihnen gesagt, er hätte sie mit dem Vibromesser bedroht, und sie hätte nichts dagegen tun können.«

Genau in diesem Augenblick sprang das Stickstoffgebläse an, und ich fuhr bei dem Geräusch zusammen und sah in den Spiegel. Ich konnte den Sidon im Spiegel sehen, und auf seinem roten, gemordeten Fell stand Taber. Carnie hatte ihn durch die Küche eingelassen und das Gebläse eingeschaltet, und nun stand er dort zwischen den lauten Ventilatoren, lächelte und schnippte imaginäre Asche neben Pearls Sessel auf den Teppich. Ich nahm die Hände von den Tasten und legte sie in den Schoß. »Carnie ist in der Küche«, sagte ich. »Ich weiß nicht, ob die Tür abgeschlossen ist.«

»Da gab es einen Zapfer, der das Haus regelmäßig besuchte«, sagte Pearl. »Er war ein sehr schlechter Mann, aber meine Mutter liebte ihn. Sie sagte, sie könne einfach nicht anders. Ich glaube, das traf zu.« Einen Moment lang sah sie mit ihren blinden Augen direkt in den Spiegel, und ich wünschte, Taber würde den Funkenschläger klicken lassen, damit Pearl das Geräusch hörte und sich sicher und stumm in ihren Käfig zurückziehen konnte.

»Es war Weihnachtszeit«, sagte sie, und die Gebläse setzten aus. In das Schweigen fuhr sie fort: »Ich war zehn Jahre alt, und Jewell schenkte mir ein kleines goldenes Halsband mit einer Perle daran. Sie war erst vierzehn, aber sie arbeitete schon in dem Haus. Sie hatten einen Baum im Musikzimmer aufgestellt, und er war mit kleinen Lampen an einer Schnur geschmückt, alle in verschiedenen Farben. Hast du solche Lampen schon mal gesehen, rot und grün und gold, und alle aneinandergereiht?«

Ich dachte an die Bänder der vielfarbigen Chemilampe, die mir vom Spiralabstieg aus aufgefallen waren, das allererste, das ich von Paylay gesehen hatte. Niemand hat es ihr gesagt, dachte ich, die ganze Zeit über hat es ihr niemand erzählt, und bei dem Gedanken an den gewaltigen Käfig aus Freundlichkeit, den man um sie herum errichtet hatte, zuckte meine Hand empor und stieß gegen die Tastaturkante. Sie hörte das Geräusch und sah auf.

»Ist Taber hier?« fragte sie, und meine Hand schwebte über den Tasten.

»Nein, natürlich nicht«, sagte ich, und meine Hand lag wieder so fest im Schoß, wie der Spiralabstieg in seiner Vertäuung ruhte. »Ich sag dir, wenn er kommt.«

»Der Zapfer schickte meiner Mutter auch ein Kleid mit Lichtern daran, roten und grünen und goldenen, wie bei dem Baum«, sagte Pearl. »Wenn er kam, sagte er: ›Du siehst aus wie 'n Christbaum' und küßte sie auf die Wange. ›Was wünschst du dir zu Weihnachten?‹ sagte meine Mutter. ›Ich werde dir alles geben.‹ Ich weiß noch, wie sie dort in dem Lichterkleid unter dem Baum stand.« Sie hielt eine Minute lang inne, und als ich in den Spiegel sah, hatte sie den Kopf gedreht, so daß sie Taber direkt anzusehen schien. »Er hat sich mich gewünscht.«

»Was hat er dir angetan?« fragte ich.

»Ich erinnere mich nicht mehr«, sagte sie. Ihre Hände wanden sich und lagen still, und ich wußte, was er getan hatte. Er hatte sie eingesperrt, und sie war niemals entkommen. Er hatte ihre Hände gefesselt, und sie hatte sich niemals befreien können. Ich blickte auf meine eigenen Hände hinab, deren Gelenke wie die ihren über Kreuz lagen und die sich noch nicht einmal wanden.

»Hat dir niemand geholfen?« fragte ich.

»Der Klaviersimspieler«, sagte sie. »Er schlug die Tür ein. Er brach sich dabei beide Hände, so daß er nie wieder spielen konnte. Er ließ meine Mutter den Arzt rufen. Er sagte ihr, er würde sie umbringen, wenn sie ihn nicht kommen ließe. Als er versuchte, mir zu helfen, lief ich vor ihm davon. Ich wollte nicht, daß er mir half. Ich wollte sterben. Ich lief und lief und lief, aber ich schien nicht von der Stelle zu kommen.«

»Hat er den Zapfer, der Sie geblendet hat, umgebracht?« fragte ich.

»Während er nach mir suchte, hat meine Mutter den Zapfer zur Hintertür hinausgeführt. Ich lief und lief und stürzte dann. Der Klaviersimspieler kam und hielt mich in den Armen, bis der Arzt eintraf. Er mußte mir versprechen, daß er den Zapfer umbringen würde. Er mußte mir versprechen, daß er es zu Ende bringen würde, mich zu töten«, sagte sie so leise, daß ich sie kaum verstehen konnte. »Aber er hat es nicht getan.«

Die Gebläse sprangen wieder an, und ich sah in den Spiegel, aber Taber war nicht mehr da. Carnie hatte ihn zur Hintertür hinausgeführt.

Er kam mehrere Schichten lang nicht mehr. Als er kam, nur, um Jewell zu sagen, daß er nach Solfatara flöge. Er sagte zu Pearl, er würde ihr ein Geschenk mitbringen, und flüsterte mir zu: »Was wünschst du dir zu Weihnachten, Ruby? Du hast dir ein Geschenk verdient.«

Als er fort war, stieß Jack auf eine weitere Zapfstelle, fast genau über der ersten, und Jewell schloß den Schnaps ein. Die Männer wollten keine Musik hören. Sie wollten darüber sprechen, eine doppelte, ja vielleicht sogar eine dreifache Zapfstelle auszubeuten. Ich war ihnen dankbar dafür. Ich war mir nicht sicher, ob ich mit gefesselten Händen spielen konnte.

Jewell trug mir auf, Taber an der Anlegestelle abzuholen, überlegte es sich dann aber anders. »Diese besoffnen Narrn draußn bei Jacks Sidon bereiten mir Kopfzerbrechn. Doppelzapf noch mal. Sie könntn den ganzen Stern in die Luft jagn. Du bleibst lieber hier und hilfst mir.«

Taber kam vor Schichtanfang. »Ich werde dir heute abend dein Geschenk mitbringen, Pearl«, sagte er. »Ich weiß, es wird dir gefallen. Ruby half mir beim Aussuchen«. Ich bemerkte, daß Pearls Hände plötzlich zuckten, aber die meinen bewegten sich nicht einmal.

Taber wartete beinahe bis zum Schichtende und verbrachte fast die Hälfte dieser Zeit im Spielzimmer, wobei sich Carnie schwer gegen seine Schulter legte. Sie hatte ihr Geschenk schon bekommen. Ihre Augen glänzten von der Fixe, und einmal prallte sie gegen ihn und wäre beinahe gefallen.

»Bring mir eine Zigarre, Ruby«, rief er mir zu. »Und sieh in die Innentasche deiner Jacke. Ich habe jedem ein Geschenk mitgebracht.« Pearl stand ganz allein mitten im Musikzimmer, die Hände ausgestreckt. Ich sah sie nicht an. Ich ging direkt nach oben in mein Zimmer, holte, was ich brauchte, kehrte dann in den Vorraum zurück, in der Tabers Zapferjacke hing, und holte die Zigarre aus Tabers Tasche. Sein Funkensprüher war auch dort.

Das Geschenk war ein flaches Päckchen, eingeschlagen in rotes und grünes Papier und ich brachte es Taber mit der Zigarre. Er war ins Musikzimmer gegangen und saß in Pearls Sessel. Carnie saß auf seinem Schoß und hatte ihm die Arme um den Hals gelegt.

»Du hast den Funkenschläger nicht mitgebracht, Ruby«, sagte Taber. Ich wartete darauf, daß er mir sagte, ich solle ihn holen. »Egal«, sagte er jedoch. »Weißt du, was wir heute für einen Tag haben?«

»Ich weiß es«, sagte Carnie leise, und Tabers Hand glitt hoch, um die ihre zu tätscheln, die auf seiner Schulter lag.

»'s is Weihnachtn«, sagte er im Dialekt von Solfatara. Er nahm seine Hand von Carnies, so daß er sich zurücklehnen und an seiner Zigarre paffen konnte, und Carnie nahm ihre rote, gequetschte Hand in die andere und drückte sie an ihren Busen, die von der Fixe leuchtenden Augen voller Schmerz. »Ich hab mir gdacht, wir solltn 'n paar Weihnachtslieder hörn. Kennst du irgendwelche Weihnachtslieder, Ruby?«

»Nein«, sagte ich.

»Das habe ich mir gedacht«, sagte Taber. »Deshalb habe ich dir ein Geschenk mitgebracht.« Er deutete mit der Zigarre nach mir. »Na los. Öffne es.«

Ich riß das rote und grüne Papier auf und nahm die Notenbücher heraus. Sie enthielten ein Dutzend Weihnachtslieder. Ich kannte sie alle.

»Pearl, du singst doch ein Weihnachtslied für mich, oder?« sagte Taber.

»Ich kenne keins«, entgegnete sie. Sie hatte sich nicht von der Stelle gerührt.

»Natürlich kennst du welche«, sagte Taber. »Sie haben sie zur Weihnachtszeit immer in den Glückshäusern auf Solfatara gespielt. Komm schon. Ruby begleitet dich.«

Ich setzte mich ans Klaviersim, und Pearl kam zu mir und blieb, die Hand auf der Tastaturkante, neben mir stehen. Ich stellte die Notenbücher ins Musikgestell und legte die Hände auf die Tasten.

»Er weiß es«, sagte sie, so leise, daß keiner der Männer sie hören konnte. »Du hast es ihm gesagt.«

»Nein, es muß ein Zufall sein«, sagte ich. »Vielleicht ist auf Solfatara wirklich Weihnachten. Auf Paylay achtet niemand auf den Kalender. Vielleicht haben wir Weihnachten.«

»Wenn du es ihm gesagt hast, wenn er weiß, wie es passiert ist, bin ich nicht mehr sicher. Dann ist er in der Lage, in den Käfig hineinzukommen. Dann kann er mir wehtun.« Sie trat einen schwankenden Schritt vom Klaviersim zurück, als wolle sie davonlaufen. Ich hielt sie am Handgelenk fest.

»Ich habe es ihm nicht gesagt«, erklärte ich. »Ich würde niemals zulassen, daß er dir wehtut. Aber wenn du das Lied nicht singst, weiß er, daß etwas nicht stimmt. Ich spiele dir das erste Lied vor.« Ich ließ ihr Gelenk los, und ihre Hand wurde schlaff und ruhte auf den Tasten.

Ich spielte das Lied und wartete. Die Version, die ich kannte, hatte keine Einführung, und so breitete ich die Finger meiner rechten Hand über die Oktave und den halben Eröffnungsakkord aus und berührte ihre Hand mit meiner Linken.

Sie fuhr zusammen. Sie nahm die Hand nicht fort und machte auch keine Bewegung, die den Männern, die sich mittlerweile um uns versammelt hatten, aufgefallen wäre. Aber ein Beben lief durch ihre Hand. Ich wartete einen Augenblick, dann berührte ich sie wieder, hart, mit all meinen Fingern, und fing an zu spielen. Sie sang das Lied bis zum Ende, und meine Hände, die nicht imstande gewesen waren, auch nur einen einzigen Ton der Warnung anzuschlagen, flogen leicht und sicher über die Tasten. Als das Lied zu Ende war, forderten die Männer lautstark ein zweites, und ich legte die Noten auf das Gestell und saß dann dort, ohne mit der Wimper zu zucken, und wartete, was passieren würde, während sie still und reglos neben mir stand.

Taber sah beiläufig fragend auf, und Jewell runzelte die Stirn und wandte sich halbwegs zur Tür. Scorch polterte durch die dicke

Innentür und blieb, um Atem ringend, stehen. Die Lampe war noch an dem Stirnband befestigt, und als er sich verbeugte, um in keuchenden Hicksern wieder zu Atem zu kommen, war der Hautstreifen, an dem sein Haar weggebrannt war, so rot wie sein Gesicht und von Blasen überzogen.

»Ein Sidon is in die Luft geflogn, was?« sagte Jewell, und ihre Narbe zuckte schwarz wie eine Kluft über die Wange. »Welcher?«

Scorch konnte noch immer nicht sprechen. Er nickte mit dem ganzen Körper, krümmte sich noch zweimal zusammen und versuchte, sich wieder aufzurichten. »Jacks«, sagte er. »Er hat nen Dreierzapf versucht, un das ganze Ding is in die Luft geflogn.«

»Oh, mein Gott«, sagte Sapphire und lief in die Küche.

»Wie schlimm ist es?« fragte Jewell.

»Jack is tot, un zwei ham schwere Verbrennungn – Paulsen un der Zapfer, der in der letztn Schicht mit Taber gkommen is. Ich weiß nich, wie'r heißt. Als die Zapfstelle in die Luft flog, wollten sie grad den Kompressor einschalten und saßen direkt darauf.«

Die Zapfer waren die ganze Zeit über, die er gesprochen hatte, in Bewegung gewesen, hatten sich die Jacken übergezogen und die Schuhe geholt. Taber schob Carnie von seinem Schoß und stand auf. Sapphire kam, in Hosen gekleidet und den Erste-Hilfe-Kasten in der Hand, aus der Küche zurück. Garnet legte ihren Schal um Scorchs Schultern und half ihm in Pearls Sessel.

»Liegt ein anderer Sidon in der Nähe?« fragte Taber ruhig. Er wirkte unbeteiligt, fast amüsiert, während sich Carnie schlaff gegen ihn lehnte, aber seine linke Hand war fest zusammengepreßt, und der Daumen bewegte sich auf und ab, als wolle er den Funkenschläger klicken lassen.

»Meiner«, sagte Scorch. »Er hat nix abgekriegt, aber der Kompressor fing Feur, um Jacks Kleidung, un se brennen noch.« Er sah entschuldigend zu Jewell auf. »Ich hab nix, um das Feur zu löschen. Ich schleppte die beiden auf meine Kompressorplattform, damit se wenigstens nich schmorn.«

Pearl und ich hatten uns nicht vom Klaviersim gerührt. Ich sah Taber im Spiegel an und wartete darauf, daß er sagte: »Ich bleibe hier, Jewell. Ich kümmere mich hier um alles«, aber er sagte es nicht. Er löste sich von Carnie. »Ich hole die Bahren aus dem Spielhaus und komme hierher zurück«, sagte er.

»Ich hole Ihnen Ihre Jacke«, sagte ich, aber er war schon fort.

Die Zapfer polterten zur Tür hinaus, Sapphire mit ihnen. Garnet lief nach oben. Jewell ging in den Vorraum, um ihre Ausgehschuhe überzuziehen.

Ich stand auf und ging in den Vorraum hinaus. »Ich will mit euch gehen«, sagte ich.

»Ich möcht, daß du hierbleibst und auf Pearl aufpaßt«, entgegnete sie. Sie konnte ihren bandagierten Fuß nicht in den Schuh zwängen. Sie bückte sich und wickelte den Verband auf.

»Garnet kann hierbleiben. Ihr braucht Hilfe, um die Männer zurückzutragen.«

Sie ließ den Verband auf den Boden fallen und stieß aufstöhnend den Fuß in den Schuh. »Du kennst den Weg nit. Du könntst dich verirrn un in einen Sidon falln. Du bist hier sichrer.« Sie versuchte es mit dem anderen Schuh, stand auf, zwängte den verbundenen Fuß hinein und setzte sich wieder, um die Schnallen zu verschließen.

»Ich bin nirgendwo sicher«, sagte ich. »Bitte laß mich nicht hier zurück. Ich habe Angst, es könnte etwas passieren.«

»Selbst wenn alle Sidons in die Luft gehn, kommt das Feuer nit soweit.«

»Es sind nicht diese Sidons, vor denen ich Angst habe«, entgegnete ich barsch. »Du hast schon einmal einen Sidon in deinem Haus freigelassen und weißt, was passiert ist.«

Sie reckte sich und sah mich an, die Narbe schwarz und heiß wie Lava auf ihrem roten Gesicht. »Ein Sidon ist ein Tier«, sagte sie. »Ich konnt nit anders.« Sie erhob sich abrupt und versuchte, auf unverbundenen Füßen zu stehen. »Taber geht mit mir«, sagte sie.

Sie war also doch nicht so blind, wie ich befürchtet hatte, begriff aber immer noch nicht. »Verstehst du nicht?« sagte ich sanft. »Selbst wenn er mit dir geht, wird er immer noch hier sein.«

»Bist du fertig, Jewell?« sagte Taber. An einem Band um seine Stirn war eine Lampe befestigt, und er trug ein großes, rot und grün eingeschlagenes Bündel.

»Ich muß mir von obn noch ne Lampe holn«, sagte Jewell. »Hier sind nur noch Stadtlampen.« Sie ging hinauf.

Taber reichte mir das Päckchen. »Du wirst Pearl mein Weihnachtsgeschenk geben müssen, Ruby«, sagte er.

»Das werde ich nicht tun.«

»Wie willst du das wissen?« sagte er.

Ich antwortete nicht.

»Als ich nach nebenan ging, warst du versessen darauf, mir meine Jacke zu holen. Warum holst du sie mir nicht jetzt? Oder meinst du, das wirst du auch nicht tun?«

Ich nahm die Jacke vom Haken und wartete darauf, daß Jewell wieder herunterkam.

»Gehn wir«, sagte Jewell, sie humpelte kaum noch, als sie die Treppe herunterkam. Ich brachte Taber die Jacke. Er reichte mir wieder das Päckchen, und ich nahm es entgegen, beobachtete, wie er die Jacke anzog, wartete darauf, daß er gegen den Funkensprüher in der Tasche klopfte, um sich zu überzeugen, daß er an Ort und Stelle war. Jewell gab ihm eine zusätzliche Lampe und einen Stapel Verbandszeug. »Gehn wir«, sagte sie wieder. Sie öffnete die Außentür und ging die hölzernen Stufen in die Hitze hinab.

»Paß auf Pearl auf, Ruby«, sagte Taber und schloß die Tür.

Ich kehrte ins Musikzimmer zurück. Pearl hatte sich nicht von der Stelle gerührt. Garnet und Carnie versuchten, Scorch aus dem Sessel und die Treppe hinauf zu helfen, obwohl Carnie kaum stehen konnte. Ich half Garnet und hob den Mann hoch.

»Setz dich, Carnie«, sagte ich, und sie sackte in den Sessel, die Knie gespreizt und den Mund geöffnet, und schlief augenblicklich ein.

Ich trug Scorch die Treppe hinauf in Garnets Zimmer und blieb dort stehen und hielt ihn fest, lehnte seinen Körper gegen die Tür, während Garnet ein Brennverbandslaken über ihr Bett spannte, auf das ich ihn legen sollte. Er war im Sessel ohnmächtig geworden, doch als ich ihn auf das Verbandslaken niederlegte, kam er wieder zu sich. Auf seinem roten Gesicht hatten sich Brandblasen gebildet, so daß er Schwierigkeiten mit dem Sprechen hatte. »Ich häddas Feur löschn müssn«, sagte er. »'s greift auf die andren Sidons über. Hab Jack gsagt, daß es zu nah is.«

»Sie werden das Feuer löschen«, sagte ich. Garnet überprüfte das Verbandslaken und nickte mir zu. Ich legte ihn darauf, und wir machten uns an die schreckliche Aufgabe, ihm die Kleidung von der Haut zu schälen.

»'s war dieser neue Zapfer, der heut morgn mit Taber kam. Er war verfixt. Und er hatt nen Funkenschläger dabei. Nen Funkenschläger. Der ganze Stern hätt in die Luft gehn können.«

»Keine Sorge«, sagte ich. »Es kommt alles in Ordnung.« Ich drehte ihn auf die Seite und schnitt sein Hemd auf. Er roch wie ein Schmorbraten. Er wurde wieder ohnmächtig, bevor wir das Hemd herunter hatten, und das vereinfachte es, ihm den Rest der Kleidung auszuziehen. Garnet befestigte die Nadel der Kochsalzlösung an seinem Handgelenk und spritzte ihm Antibiotika. Sie sagte mir, ich solle wieder hinabgehen.

Pearl stand noch immer neben dem Klaviersim. »Scorch wird's überleben«, sagte ich laut, um das Geräusch zu übertönen, das entstand, als ich Tabers Päckchen aufhob, und ging an ihr vorbei in die Küche. Die Gebläse liefen auf vollen Touren, weil die Türen so oft geöffnet worden waren, aber ich sagte trotzdem: »Garnet will, daß ich ihm ein Glas Wasser bringe.«

Ich hatte es fast bis zur Tür des Kartenraums geschafft, da richtete sich Carnie in dem weißen Sessel auf. »Das is doch Pearls Gschenk, nich wahr, Ruby?« sagte sie schläfrig.

Ich verharrte unter den Gebläsen, stand auf den Sidons.

Sie richtete sich höher auf, fuhr sich mit der Zunge über die Lippen. »Machs auf, Ruby. Ich will sehn, was es is.«

Pearls ausgestreckte Hände ballten sich zu Fäusten zusammen. »Ja«, sagte sie und sah mich direkt an. »Öffne es, Ruby.«

»Nein«, sagte ich. Ich ging ans Klaviersim und legte das Päckchen auf den Stuhl.

»Dann machs ich auf«, sagte Carnie und erhob sich torkelnd aus dem Sessel. »Du bist so gemein, Ruby. Die arme Pearl kann ihr Weihnachtsgschenk nich aufmachn, nich mehr, seit se blind is.« Sie sprach immer undeutlicher. Ich konnte kaum verstehen, was sie sagte, und sie mußte zweimal nach dem Päckchen greifen, bevor sie es erwischte und, die Beute an die Brust gedrückt, zu Pearls Sessel zurückschwankte. Die Droge hatte sie jetzt fest im Griff. In ein paar Minuten würde sie ohnmächtig werden. »Bitte«, sagte ich, ohne einen Ton von mir zu geben, und betete, wie Pearl in diesem verschlossenen Raum gebetet haben mußte, zehn Jahre alt, die Hände zusammengebunden, und er kam mit dem Vibromesser immer näher. »Schnell, schnell.«

Carnie bekam das Päckchen nicht auf. Sie zerrte schwach an der grünen Schleife, zog an dem Papier, ohne es aufreißen zu können, und ließ sich in den Sessel fallen und schloß die Augen. Sie atmete jetzt tief und ruhig, mit offenem Mund, tief in den weißen Sessel eingesunken, die Arme locker über die Lehnen baumelnd.

»Ich führe dich nach oben, Pearl«, sagte ich. »Vielleicht braucht Garnet bei Scorch deine Hilfe.«

»In Ordnung«, sagte sie, bewegte sich aber nicht. Sie stand da, den Kopf abgewendet, als lausche sie auf etwas.

»Oh, wie hübsch!« sagte Carnie mit klarer, kräftiger Stimme. Sie saß aufrecht in dem Sessel, die Hände auf dem ungeöffneten Paket. »Es ist ein Kleid, Pearl. Ist es nicht wundervoll, Ruby?«

»Ja«, sagte ich und sah Carnie an, die wieder schlaff im Sessel lag und sanft schnarchte. »Es ist mit Lichtern bedeckt, Pearl, grün und rot und gold, wie ein Weihnachtsbaum.«

Das Päckchen glitt aus Carnies schlaffen Händen und auf den Boden. Die Gebläse sprangen an, und Carnie drehte sich in dem Stuhl, zog die Füße an und bettete den Kopf auf die Lehne. Sie fing wieder an zu schnarchen, lauter diesmal.

»Möchtest du es gern anziehen, Pearl?« sagte ich und sah zu ihr hinüber, aber sie war schon fort.

Ich brauchte fast eine Stunde, um sie zu finden, weil die Stadtlampe, die ich mir um die Stirn geschlungen hatte, so schwach war, daß ich kaum sehen konnte. Sie lag in der Nähe der Anlegestelle, mit dem Gesicht zu Boden.

Ich band die Lampe los und setzte sie neben ihr ab, damit ich sie besser sehen konnte. Ihre Kleidschleppe glimmte schon. Ich trat darauf, bis sie unter meinen Sohlen abbröckelte, kniete neben ihr nieder und drehte sie auf den Rücken.

»Ruby?« sagte sie. Ihre Stimme quiekte wegen des Heliums in der Luft und war sehr heiser. Ich erkannte sie kaum wieder. Sie würde mich auch nicht mehr erkennen können. Wenn ich sagte, ich sei Jewell oder Carnie, oder Taber, und gekommen um sie umzubringen, es würde für sie keine Rolle spielen. »Ruby?« sagte sie. »Ist Taber hier?«

»Nein«, entgegnete ich. »Nur der Sidon.«

»Du bist kein Sidon«, sagte sie. Ihre Lippen waren trocken und rissig.

»Was bin ich dann?« Ich hielt die Stadtlampe näher an sie heran. Ihr Gesicht sah gerötet aus, fast so rot wie Jewells.

»Du bist mein guter Freund, der Klaviersimspieler, der gekommen ist, um mir zu helfen.«

»Ich bin nicht gekommen, um dir zu helfen«, sagte ich, und meine Augen füllten sich mit Tränen. »Ich bin hier, um dich endgültig zu töten. Ich kann nicht anders. Ich kopiere Taber.«

»Nein«, sagte sie, aber es war kein »Nein« des Protests oder des Schreckens oder der Überraschung, sondern eine einfache Feststellung. »Du hast Taber nie kopiert.«

»Er hat Jack getötet«, sagte ich. »Er ließ einen armen verfixten Zapfer den Sidon in die Luft jagen, damit er ein Alibi für den Mord an dir bekam. Er ließ mich zurück, damit ich dich für ihn töte.«

Ihre Hände lagen neben ihren Seiten, die Handflächen auf dem Boden. Als ich sie anhob und über ihr Kleid legte, wie sie sie immer gehalten hatte, an den Gelenken über Kreuz, zuckte sie nicht einmal zusammen, und ich dachte, vielleicht ist sie bewußtlos.

»Jewells Füße sind schon viel besser«, sagte sie und leckte sich über die Lippen. »Du humpelst fast gar nicht. Und an der Art, wie du gegangen bist, habe ich erkannt, daß Carnie an der Fixe hängt, bevor sie den Raum überhaupt betreten hatte. Ich habe zugehört, wie du sie alle kopiert hast, selbst den armen toten Jack. Du hast Taber nie kopiert. Nicht einmal.«

Ich kroch um sie herum und bettete ihren Kopf auf meine Knie. Ihr Haar löste sich und fiel um ihr Gesicht, als ich sie hochhob; die Spitzen kräuselten sich in dunklen Ascheflocken zusammen. Die eng geflochtenen Gitterwerke meiner Schuhsohlen drückten sich wie heiße Eisen in meine Oberschenkel. Sie schluckte. »Er trat die Tür ein und schickte nach dem Arzt«, sagte sie, »und dann wollte er den Mann umbringen, aber er kam zu spät. Meine Mutter hatte ihn durch die Hintertür hinausgelassen.«

»Ich weiß«, sagte ich. Meine Tränen fielen auf ihren Hals und ihre Kehle. Ich wollte sie wegwischen, aber sie waren schon eingetrocknet, und ihre Haut fühlte sich heiß und rauh an. Ihre Lippen waren eingerissen, und sie konnte sie kaum noch bewegen, wenn sie sprach.

»Dann kam er zurück und hielt mich in den Armen, während wir auf den Arzt warteten. So wie du. Und ich sagte: »Warum hast du ihn nicht getötet?« und er sagte, »Ich werde ihn töten«, und dann bat ich ihn, mich endgültig zu töten, aber er wollte nicht. Er hat auch nicht den Zapfer getötet, weil seine Hände gebrochen und ganz zerschnitten waren.«

»Mein Onkel hat ihn getötet«, sagte ich. »Deshalb hat man uns unter Quarantäne gestellt. Er und Kovich haben ihn getötet«, sagte ich, obwohl Kovich damals schon tot gewesen war. »Sie haben ihn gefesselt und ihm die Augen mit einem Vibromesser ausgestochen«, sagte ich. Deshalb hatte mich Jewell nach Paylay kommen lassen. Sie war es meinem Onkel schuldig gewesen, mich kommen zu lassen, weil er den Zapfer getötet hatte. Und aus welchem Grund hatte mein Onkel mich geschickt? Wen sollte ich kopieren?

Die Lampe wurde noch schwächer, und das Köperpapier-Stirnband der Lampe glimmte nun, aber ich wollte sie nicht ausschalten. Ich kniete mit Pearls Kopf in meinem Schoß auf dem heißen Boden und bewegte mich nicht.

»Ich weiß, daß du mich fast von Anfang an kopiert hast«, sagte sie, »aber ich habe es dir nicht gesagt, weil ich dachte, du würdest Taber für mich töten. Immer, wenn du für mich gespielt hast, saß ich da und dachte daran, wie ein Sidon Tabers Kehle zerfetzt, in der Hoffnung, du würdest den Haß kopieren, den ich empfand. Ich habe je weder Taber noch einen Sidon gesehen, aber ich dachte an den Geliebten meiner Mutter, und ich nannte ihn Taber. Es tut mir leid, daß ich dir dies angetan habe, Ruby.«

Ich wischte das Haar aus ihrer Stirn und von ihren Wangen. Meine Hand hinterließ eine Rußspur, die wie eine Narbe aussah, auf einer

Gesichtshälfte. »Ich habe Taber getötet«, sagte ich.

»Wenn du spielst, erinnerst du mich so sehr an Kovich«, sagte sie. »Du klingst genau wie er. Ich glaubte, ich würde überlegen, wie ich Taber töten kann, aber ich habe nicht daran gedacht. Ich wußte nicht einmal, wie ein Sidon aussieht. Ich dachte nur an Kovich und wartete darauf, daß er käme und mich endlich tötete.« Sie atmete nun flach und sehr schnell, holte fast zwischen jedem Wort Luft. »Wie sehen Sidons aus, Ruby?«

Ich versuchte mich daran zu erinnern, wie Kovich ausgesehen hatte, als er kam, um meinen Onkel ausfindig zu machen, die gebrochenen Hände infiziert, das Gesicht rot von dem Fieber, das ihn verzehrte. »Ich will, daß du mich kopierst«, hatte er zu meinem Onkel gesagt. »Ich will, daß du von mir lernst, Klaviersim zu spielen, bevor ich sterbe.« Ich will, daß du jemand für mich tötest. Ich will, daß du ihm die Augen aus den Höhlen reißt. Ich will, daß du tust, was ich nicht geschafft habe.

Ich konnte mich nicht daran erinnern, wie er aussah, nur, daß er sehr groß gewesen war, fast so groß wie mein Onkel, wie ich. Mir kam es vor, daß er wie mein Onkel aussah, aber sicher war es genau andersherum gewesen. »Ich will, daß du mich kopierst«, hatte er zu meinem Onkel gesagt. Ich will, daß du tust, was ich nicht geschafft habe. Pearl hatte ihn gebeten, den Zapfer zu töten, und er hatte es versprochen. Dann hatte Pearl ihn gebeten, auch sie endlich zu töten, und er hatte auch dies versprochen, obwohl er sie genausowenig töten konnte, wie er mit seinen zerschundenen Händen noch Klaviersim spielen konnte, obwohl er nicht einmal gewußt hat, wie gut ein *Spiegel* kopiert, oder wie blindlings. So hatte mein Onkel den Zapfer getötet, und ich habe Pearl endlich getötet, aber es war Kovich, Kovich, der die Morde begangen hat.

»Sidons sind sehr groß«, sagte ich, »und sie spielen Klaviersim.«

Sie antwortete nicht. Der Köperpapierstreifen der Lampe brach in Flammen aus. Ich sah zu, wie er verbrannte.

»Schon in Ordnung, daß du Taber nicht getötet hast«, sagte sie. »Aber du darfst nicht zulassen, daß er dir die Schuld für meinen Tod in die Schuhe schiebt.«

»Ich habe Taber getötet«, sagte ich. »Ich habe ihm den echten Funkenschläger gegeben. Ich steckte ihn in seine Jacke, bevor er zu den Sidons aufbrach.«

Sie versuchte sich aufzusetzen. »Sag ihnen, du hättest ihn kopiert, du hättest nicht anders gekonnt«, sagte sie, als hätte sie mich nicht verstanden.

»Das werde ich«, sagte ich und schaute in die Dunkelheit hinaus.

Taber befindet sich irgendwo hinter dem Horizont. Er sieht in diese Richtung und fragt sich, ob ich sie schon getötet habe. Bald wird er die Zigarre hervorholen und den Daumen auf den Auslöser des Funkenschlägers legen, und die Sidons werden einer nach dem anderen in die Luft fliegen, eine Lichterkette. Ich frage mich, ob ihm noch soviel Zeit bleibt, um zu wissen, daß er ermordet wurde, um sich zu fragen, wer ihn getötet hat.

Das frage ich mich auch, wie ich hier niederkauere, mit Pearls Kopf auf meinen Knien. Vielleicht habe ich Pearl kopiert. Oder Jewell, oder Kovich, oder auch Taber. Oder sie alle. Das schlimmste ist nicht, daß einem übel mitgespielt wird. Schlimmer ist, daß man nicht weiß, wer einem übel mitspielt. Vielleicht habe ich gar keinen kopiert, und ich bin derjenige, der Taber getötet hat. Ich hoffe es.

»Du mußt umkehren, bevor du verbrennst«, sagt Pearl so leise, daß ich sie kaum verstehen kann.

»Das werde ich«, sage ich, aber ich kann es nicht. Sie haben mich gefesselt, sie haben mich eingesperrt, und nun warte ich nur darauf, daß sie kommen und mich endlich töten.“

Pat Cadigan

Hexe wider Willen

»Oh, verdammt, bitte seid hier«, murmelte sie zum tausendsten Mal, riß die oberste Schublade der Kommode auf und wühlte sich durch die darin befindliche Unordnung an Unterwäsche. Ihre hektischen Finger streiften eine kleine grüne Schachtel, und mit dem Daumen knipste sie den Verschluß auf. Sie war leer. Sie starrte sie mehrere Sekunden lang an und versuchte sich zu erinnern, was ursprünglich darin gewesen war – die silberne, blattförmige Brosche oder die Schmetterlingsspange? Sie schüttelte den Kopf und legte die Schachtel mitten in das Wirrwarr auf dem Toilettentisch. Es war eine alte Schachtel, und sie bewahrte wahrscheinlich seit Äonen keinen Schmuck mehr darin auf. Sie fuhr mit der Durchsuchung der Schublade fort.

»Lou?«

Sie machte einen Satz, schrie leise auf und warf unbeabsichtigt einige Höschen in die Luft. Im Spiegel sah sie, wie Tony auf der Schlafzimmerschwelle stand und amüsiert dreinschaute. Sie hoffte, aus dieser Entfernung würde er ihrem Spiegelbild nicht anmerken, wie betroffen sie war. Wenn sie den Abend überstand, ohne daß er es herausfand, konnte sie morgen vielleicht zu einem Juwelier gehen und Ersatzstücke kaufen. Sie würde sich zwar bis über beide Ohren in Schulden stürzen müssen – unter diesen Umständen keineswegs die schlechteste Alternative aber da sie getrennte Bankkonten führten, würde es ihr nicht schwerfallen, ihm diesen vorausgabten Betrag zu verheimlichen. In der Vergangenheit war sie oft genug so verfahren.

»Ich stelle fest, der dreißigste Geburtstag führt zu einem gewissen Trauma«, sagte er mit sanftem Sarkasmus. »Aber wenn du jetzt nicht einen Zahn zulegst, werden wir uns zu deinem Geburtstagsdinner unverzeihlich verspäten. Sie werden unsere Platzreservierung verfallen lassen.«

»Oh, ja. Richtig.« Sie schaute in die offene Schublade und musterte dann die auf dem Toilettentisch verstreuten Gegenstände. Es war sinnlos, die Suche fortzusetzen. Sie durchstöberte die Kommode zum vierten Mal, und wenn sie die ersten drei Male nicht dort gewesen waren, würden sie jetzt auch nicht einfach wieder auftauchen. Außerdem würde Tony Verdacht schöpfen, wenn sie ihn noch länger hinhielt. Sie schob die Schublade zu, nahm ihre Handtasche aus dem Durcheinander auf dem Toilettentisch und zwang sich zu einem breiten Lächeln, als sie sich umdrehte. »Na ja, dann gehen wir.«

Tony schüttelte den Kopf. »Hast du nichts vergessen?«
Ein kalter Knoten ballte sich in Lous Magen zusammen.
»Ach ja? Was denn?«
Tony tippte gegen sein linkes Ohrläppchen. »Wolltest du heute abend nicht alles zeigen?«
»Oh. Na ja.« Sie zuckte die Achseln und versuchte, ganz natürlich zu wirken. »Weißt du, ich habe neulich in der Zeitung eine Meldung über eine Frau gelesen, die Rubinohrringe trug, und irgendein Bursche ging auf der Straße an ihr vorbei und hat sie ihr einfach aus den Ohren gerissen. Beide Ohrläppchen zerfetzt. Sie mußte ins Krankenhaus und so weiter.« Lou erschauerte. »Weißt du, das hat mir richtig Angst gemacht. Ich meine, ich habe mir schon überlegt, heute abend nicht mal eine Handtasche mitzunehmen.«
An seinem ungläubigen Gesichtsausdruck erkannte sie, daß er ihr die Erklärung nicht abkaufte. »Oh, Lou, du hast doch nicht...«
»Sie sind hier, Schatz, wirklich, ich habe sie in die Schachtel gelegt, in die...«
»...hast sie doch nicht *wirklich* verloren...«
»...in die ich sie immer lege...«
»...*bitte* sag mir, daß du nicht die Diamantohrringe verloren hast, die mich ein halbes Jahresgehalt gekostet haben...«
»...um Himmels willen, sie sind in der Schublade. Gehen wir! Wir kommen *zu spät*!«
Sie sahen einander in völligem Schweigen durch das Zimmer hinweg an.
»Oh, Gott, Lou«, sagte Tony schließlich.
Lou brach in Tränen aus. Damit hatte sie sich todsicher verraten. Sie wußte es, kaum, daß die erste Träne geflossen war, aber sie konnte sich nicht beherrschen. Unter Streß fing sie an zu heulen, und das konnte sie genausowenig verhindern, wie sie verhindern konnte, daß sie ständig alles verlor. Genauso sehr über ihren Mangel an Selbstbeherrschung schluchzend wie über die Betrübnis, daß Tony den Verlust entdeckt hatte, ertastete sie sich den Weg zum Bett und setzte sich.
Tony blieb einen Augenblick hilflos auf der Schwelle stehen und ging dann zu ihr. »Lou, Lou, Lou«, stimmte er an und nahm sie in die Arme. Der tröstende Klang, den er in seine Stimme zu legen versuchte, war noch nicht ganz da. Sie schluchzte lauter.
»Jetzt komm schon«, sagte er nach einer Minute. »Reiß dich zusammen, und wir suchen gemeinsam.«
»Es hat keinen Zweck, Tony«, jammerte sie und stieß ihn zurück. Sie trat zu dem Toilettentisch und kippte einige ineinander verhedderte Halsbänder aus einem mit Stoff ausgelegten Schmuckkästchen.

Bevor sie eins aussuchte, fühlte sie noch im Kästchen nach, aber es enthielt nichts außer dem Futter. »Sie sind wirklich verschwunden. Ich habe überall nachgesehen, und sie sind nicht da.«

»Hast du sie mal ins Büro mitgenommen?«

Sie schüttelte nachdenklich den Kopf. »Ich hab sie niemals auf der Arbeit getragen. Diamanten im Büro wären etwas dick aufgetragen.« Sie putzte sich die Nase.

»Bist du *sicher*?«

»Ja, ich bin *sicher*!« schnappte sie. »Ich bin doch kein Vollidiot!«

Tony stand auf und verschränkte die Arme. »Jetzt sei doch nicht wütend auf *mich. Ich* habe deine Ohrringe nicht verloren.«

»Nein? Da bin ich mir nicht so sicher.« Sie hob den Kopf, und ihre Tränen trockneten fast augenblicklich. »Du räumst doch ständig auf und legst die Sachen irgendwo hin, wo ich sie nie finde. Vielleicht hast du meine Ohrringe herumliegen sehen und wolltest sie an einen sicheren Ort legen. Nur ist der so sicher, daß er sogar vor mir sicher ist!«

Tonys Gesicht verhärtete sich. »Hör mal, du kannst doch nicht einfach Diamantohrringe *herumliegen lassen*! Und jemand muß das Durcheinander hier ja aufräumen! Wenn ich es nicht täte, würden wir in Dreck und Kack untergehen, und das weißt du auch!«

Lous Schultern sackten hinab, und sie beugte sich über den Toilettentisch. »Oh, Gott, Tony. Meine *Ohrringe*.«

Er atmete tief ein. »Wann hast du sie zuletzt gesehen?«

»Ich weiß es nicht mehr«, sagte sie betrübt und senkte den Blick.

»Versuch dich zu erinnern. Hast du sie letztes Wochenende getragen?«

»Ich weiß es nicht.«

»Na ja, wann hast du sie zum letzten Mal getragen, daß du dich daran erinnern kannst?«

Sie setzte ein gequältes Gesicht auf. »Ich glaube, ich habe sie auf dem Firmenempfang getragen. Nein, das *weiß* ich sogar, weil Jack Waverly eine Bemerkung über sie fallen ließ.«

»Okay. Und dann? Als wir nach Hause kamen, was hast du da gemacht?«

»Woher soll ich das wissen? Das war vor anderthalb Wochen.«

»Denk nach.«

»Ich muß sie dahingelegt haben, wohin ich sie immer lege – auf den Toilettentisch. In meinen Schmuckkasten.«

Er stand auf und betrachtete das Wirrwarr aus Armbändern, Broschen und anderen Ohrringen in dem offenen Kästchen. »Bist du sicher, daß sie nicht irgendwo darunter liegen?«

»Ich hab tausendmal nachgesehen, Tony.«

»Gottverdammt, ich begreife nicht, wie du in diesem Durcheinander überhaupt irgendwas finden kannst.« Er fegte den Kasten vom Toilettentisch hochkant aufs Bett.

»Mein Gott, Tony, jetzt hast du ein noch größeres Durcheinander angerichtet.«

Er breitete die Juwelen aus und durchkämmte sie mit den Fingern. Sie stand da und sah zu, wartete darauf, daß er aufgab. Es war eine Szene, die sie in den sechs Monaten ihrer Ehe immer und immer wieder durchgespielt hatten, mit Auto- und Hausschlüsseln, Brieftaschen, Ringen, Brillen und einer Vielzahl anderer Dinge, normalerweise den ihren, als Gegenstand der Suche. Schon vor langer Zeit hatte er gelernt, ihr nichts anzuvertrauen, nicht einmal für einen Augenblick, weil sie es verschwinden lassen würde. Das war ihre besondere Begabung – Dinge verschwinden zu lassen. Hauptsächlich kleine, aber wichtige Gegenstände, obwohl sie schon mit einem Zehnpfundsack Holzkohlebriketts, einem gefrorenen Truthahn von fünfundzwanzig Pfund und einmal, in einem unvergleichlichen Glanzstück der Dematerialisation, einer Mülltonne samt Inhalt Wunder gewirkt hatte. Sie beharrte allerdings darauf, daß die Mülltonne am Mülltag gestohlen worden war. Sollte dies in der Tat der Fall sein, hatte der Dieb jedoch auch den Inhalt entwendet, denn Tony hatte den Verlust vor Eintreffen der Müllabfuhr bemerkt.

Nun hob Tony den Schmuckkasten hoch und schüttelte ihn heftig über dem Bett, um alles aufzustöbern, was sich eventuell darin verklemmt hatte. Lou schüttelte den Kopf. Tony wußte so gut wie sie, daß der Kasten leer war. Er ließ ihn auf das Bett fallen und warf die Hände hoch.

»Wie *schaffst* du das nur?«

Sie stierte in sein ungläubiges Gesicht und kam sich vor wie ein Ungeheuer.

»Wie läßt du Gegenstände einfach so verschwinden? Sag's mir! Sag's mir, und ich sterbe als glücklicher Mensch!«

»Oh, Tony...«

»Nein, komm schon, jetzt, Lou. Wie schaffst du das? Hast du *irgendeine* Vorstellung?«

Sie fegte an ihm vorbei, sammelte den auf dem Bett verstreuten Schmuck wieder ein und stopfte ihn zurück in das Kästchen. »Hexerei.«

Tony schlug mit der Hand auf den Toilettentisch. »Mann, verdammt, weshalb hast du es nicht gleich gesagt? Hexerei. Das ist toll. Besser, als ich dachte. Wärst du einfach achtlos oder unordentlich, ich wüßte nicht, was ich tun würde. Ich meine, schließlich bist du ja eine Frau mit einem Diplom in Betriebswirtschaft, die ihre Tage damit verbringt, die größte Werkzeugfabrik im Staat zu führen und nicht von einem Augenblick zum anderen auf ihre Sachen achten kann – nein, das kann man einfach nicht glauben. Aber *Hexerei. Das* ist nicht nur eine rationale Erklärung, sondern auch eine, die jede Menge Profit in sich birgt! Wir könnten beide unseren Job aufgeben und mit einer Zaubervorstellung durchs Land ziehen. Louise Belmont sagt die Zukunft voraus und führt vor Ihren Augen Taschenspielertricks auf, assistiert von ihrem getreuen Gatten Tony. Wir treten überall auf – Vegas, die Borscht-Runde, wer weiß? Vielleicht sogar eine Galavorstellung für die Queen in London! Wie meinten Eure Majestät? Wo habt Ihr die Kronjuwelen zuletzt gesehen?«

Lou richtete sich langsam auf und hielt das Kästchen eng an sich gedrückt, damit sie es ihrem Mann nicht ins Gesicht warf. »So spricht man nicht mit einer Frau, die einen Fluch auf sich geladen hat.«

Tony lachte schallend. Sie ignorierte ihn und stellte die Schmuckschatulle auf die Kommode. Dann setzte sie sich auf die Bettkante und beobachtete ihn kalt, bis er sich beruhigt hatte.

»Oh, Gott«, sagte er und grabschte nach einem Taschentuch. »Wenn es nicht so ernst wäre, wäre es wirklich komisch.« Er wischte sich über die Augen und lachte.

Lous Mund war eine wütende Linie. »Komisch für *dich.* Ich bin diejenige mit dem Fluch.«

Tonys Lächeln verblich. »Du glaubst doch nicht wirklich...«

»Ich weiß nicht, was es sonst sein könnte.« Sie wandte den Blick von ihm ab. »Ich habe alles versucht, um nichts mehr zu verlieren – Listen gemacht, Gedächtnistraining –, ich ging sogar zu einem schmucken, teuren Psychiater, um eine richtig tiefgehende Analyse durchführen zu lassen. Weißt du, was er sagte? Daß ich dazu neige, Dinge zu verlieren. Welch eine Analyse. Das wußte ich selbst.« Sie wischte sich das hellbraune Haar aus der Stirn. »Die einzige noch mögliche Erklärung ist Hexerei. Magie. Ich bin eine unachtsame Hexe. Irgendwie belege ich Gegenstände mit Flüchen und lasse sie verschwinden.«

Tony bückte sich und bedachte sie mit einem argwöhnischen Blick. »Lou?«

»Was?«

»Sieh mich an.«

Sie hob den Kopf und erwiderte seinen Blick.

»Jetzt möchte ich, daß du mir geradewegs ins Gesicht siehst und das alles wiederholst, ohne zu lachen.«

Sie wandte sich ab. »Laß mich in Ruhe, Tony.«

»Ich meine es ernst, Lou. Wenn du wirklich an den Unsinn glaubst, den du gerade von dir gegeben hast, hast du ein größeres Problem, als lediglich alle möglichen Gegenstände zu verlieren. Dann muß ich nicht nur alle Wertgegenstände verschließen, sondern dich auch untersuchen lassen.«

»Ich bin nicht verrückt.«

»Ach nein?«

Lou setzte sich abrupt auf und wippte ein wenig auf der Matratze. »Ich werde es dir beweisen. Gib mir irgendwas.«

Tony verdrehte die Augen. »Schatz...«

»Ich mache keine Witze. Gib mir irgendwas.«

»Um Gottes willen...«

»Gib mir irgendwas.«

Er nahm ein Halsband von der Kommode.

»Nicht das. Etwas von dir. Etwas, das dir wichtig ist. Etwas, auf das du nicht verzichten möchtest.«

Nach einem Augenblick des Nachdenkens zog er seinen Ehering vom Finger.

»Oh, vielen Dank, *Kumpel.*«

Er hielt den Ring hoch. »Etwas, das mir wichtig ist.«

Lous Augen verengten sich. »Jetzt bringst du mich in eine üble Lage, Tony. Wenn er verschwindet, ist er für immer fort. Du wirst ihn nie wiedersehen. Aber wenn er nicht verschwindet, sagt das mehr über dich als über mich. Wie man es auch dreht...«

»Er ist mir wichtig«, beharrte er. »Und du kannst keine Gegenstände durch Magie verschwinden lassen. Du bist einfach schludrig.«

»Bin ich nicht.« Sie nahm den Ring. Es war ein einfacher Weißgoldring, genau wie der ihre, mit ihren Initialen und dem Hochzeitstag auf der Innenseite eingraviert. »Jetzt paß auf.« Er stöhnte, als sie hinabgriff und das Futter ihrer Jackentasche herauszog. »Eine ganz gewöhnliche Tasche, völlig in Ordnung, ohne Löcher...«

»Lou, das ist doch lächerlich...«

»Völlig in Ordnung, ohne Löcher.« Sie schob den Futterstoff wieder zurück. »Jetzt werde ich den Ring in diese Tasche stecken.« Sie steckte ihn hinein und hielt die Tasche auf. »Sieh nach. Sieh hinein und überzeuge dich, daß der Ring noch darin ist.«

Tony seufzte.

»Na los, oder du wirst mir nie glauben.«

Er sah nach und nickte. »Ich sehe ihn.«

»Schön.« Sie faltete die Hände über den Knien. »Jetzt warten wir.«

»Worauf?«

»Daß der Ring verschwindet. Ich glaube, bei kostbaren Metallen brauche ich ein wenig länger als bei ganz normalen Gegenständen.« Sie nickte nachdenklich. »Es muß mir ziemliche Probleme bereitet haben, kostbare Juwelen verschwinden zu lassen. Du hast mir diese Ohrringe vor über drei Monaten geschenkt.«

»Lou, das ist doch verrückt.«

Sie zog die Augenbrauen hoch. »Meinst du?«

»Ja, das meine ich. Es gibt keine echte Magie. Und wenn es sie gäbe, könntest du sie nicht einfach zufällig bewirken. Magie erfordert eine Menge Rituale.«

»Woher willst du das wissen, wenn es keine gibt?«

»Ich habe über Magie gelesen, wie jeder andere auch. Einschließlich deiner Wenigkeit, wie es den Anschein hat. Nur habe ich dich noch nie über diesen Unsinn reden hören.« Er runzelte argwöhnisch die Stirn. »Hast du jemals mit Hexerei herumgespielt?«

»Ich weiß überhaupt nichts über Hexerei. Das ist wahrscheinlich ein Teil meines Problems. Hätte ich mich mit Hexerei beschäftigt, könnte ich vielleicht herausfinden, was ich tue oder sage, und damit aufhören.« Lou benetzte sich die Lippen. »Ich habe nie ein Wort darüber verlauten lassen, weil es sich für mich genauso verrückt anhört wie für dich. Lange Zeit über habe ich so etwas gar nicht in Erwägung gezogen. Aber mein ganzes Leben lang bin ich ein Verlierer gewesen. Buchstäblich. Ich weiß nicht, wie ich es in der Schule geschafft habe. Ich mußte die Hausaufgaben nachts erledigen. Hätte ich es nicht getan, hätte ich zuviel Zeit gehabt, um sie zu verlieren. Ich schrieb meine Magisterarbeit in einer Woche und habe sie trotzdem noch dreimal verloren. Wenn ich nicht all meinen Freunden Fotokopien gegeben hätte, würde ich wahrscheinlich noch heute daran schreiben.« Sie lachte kurz auf. »Als ich zu arbeiten anfing, mußte ich wirklich lernen, schnell zu denken. Ich arbeitete wie auf der Universität mit zahlreichen Fotokopien, aber trotzdem gingen schrecklich viele wichtige Verträge ... äh ... auf dem Postweg verloren. Der Tag, an dem ich eine Sekretärin bekam, war der beste meines Lebens. Ich habe einfach alles auf sie abgeladen und um die Unterlagen gebeten, wenn ich sie brauchte. Jetzt habe ich ein ganzes Bataillon von Assistenten, und ich komme wunderbar zurecht. Bis auf den Bürobedarf. Ich decke mich in einem Schreibwarenladen ein. Es ist zwar teuer, aber immer noch angenehmer, als ständig zu erklären, wie ich all diese Notizblöcke, Farbbänder, Umschläge und Kugelschreiber so schnell verbrauche.«

Tony starrte sie mit halb geöffnetem Mund an.

»Wenn das nicht nach Hexerei klingt, wie zum Teufel würdest du es dann nennen?« fragte sie klagend. Er antwortete nicht. »Du kannst jetzt in meine Tasche sehen. Ich bin sicher, dein Ring ist verschwunden.«

Er sah nach. Sie hielt das Gesicht abgewandt, als er wie erstarrt über ihre Jackentasche gebeugt dastand. Er bat sie aufzustehen und tastete sie ab, wie die Bullen im Fernsehen die Festgenommenen filzen. Er suchte auf dem Bett und dem Boden darunter, kroch hin und her und grub die Finger in den Teppich. Er zog ihr die Schuhe aus und schüttelte sie, sah ihr in den Mund und fuhr ihr mit den Fingern durchs Haar.

»Zufrieden?« fragte sie, als er sich schließlich auf das Bett fallen ließ und seine ringlose linke Hand vors Gesicht hielt.

»Ich glaub's nicht«, murmelte er, »aber ich muß es ja glauben.«

»Wunderbar. Und jetzt gehen wir und feiern meinen dreißigsten Geburtstag. Dreißig Jahre an Verlusten, die wahrscheinlich in die Hunderttausende gehen, einschließlich eines Eherings von hundert Dollar und eines Paars Ohrringe von über zwei Riesen.« Sie lachte bitter. »Alles Gute zum Geburtstag.«

Die Fahrt zum Restaurant verlief ungewöhnlich still.

»Vielleicht ist es das Fluchen«, sagte Tony während des dritten Cocktails plötzlich zu ihr.

Sie verschluckte sich fast an ihrem Daiquiri. »Vielleicht ist *was* das Fluchen?«

»Dein Verschwindibus-Trick. Daß du alle möglichen Sachen verschwinden läßt.«

Am Nebentisch blickte ein Mann von seinem Teller zu ihnen auf und senkte dann wieder den Kopf. Lou spießte einen gebratenen Champignon aus ihrer Vorspeise auf und kaute verdrossen darauf herum. »Wovon redest du?«

Tony beugte sich über den Tisch und blinzelte ihr zu. Er hatte drei Black Russian getrunken, und sie konnte es ihm wirklich nicht verübeln. »Du hast gesagt, es sei Magie, ein Fluch auf dir, nicht wahr? Vielleicht ist es das auch. Buchstäblich. Vielleicht verlierst du jedesmal etwas, wenn du fluchst.« Er versuchte ebenfalls, einen Champion aufzuspießen, verfehlte ihn und versuchte es erneut.

»Das ist das dümmste, was ich je gehört habe.«

Tony verlagerte mit Erfolg seine Aufmerksamkeit von den Pilzen zu den schwarzen Oliven. »Hör dir das an«, sagte er zu der Olive am Ende der Plastikgabel in seiner Hand. »Sie sagt mir, daß ein magischer Fluch auf ihr liegt, und wenn ich einen Vorschlag mache, was diesen

Fluch verursachen könnte, sagt sie, das sei dumm.« Er schob die Olive in den Mund und sah Lou böse an.

»Bevor du den ganzen Alkohol in dich hineingeschüttet hast, hast du es selbst für ziemlich dumm gehalten.«

»Natürlich ist es dumm.« Tony nahm einen Schluck von seinem Black Russian. »Ich bin betrunken. Und das gehört sich auch so. Heute hat meine Frau ein Paar Diamantohrringe und meinen Hochzeitsring verloren. Im Augenblick klingt jede andere Erklärung vernünftiger.«

Lou seufzte, stützte den Ellbogen auf den Tisch und ließ das Kinn auf die Hand plumpsen. »In Ordnung. Aber wieso bist du auf die Idee gekommen, daß ausgerechnet mein Fluchen die Gegenstände verschwinden läßt?«

»Ist mir in den Sinn gekommen. Fluch – verflucht – fluchend. So einfach ist das.«

»Nur eins stimmt nicht mit dieser Theorie, mein Geistesriese. Als dein Ring verschwand, habe ich nicht geflucht.«

Tonys Kinn hob sich abrupt. »Hast du doch. Du hast ›zum Teufel‹ gesagt.«

»Hab ich nicht.« Lou runzelte die Stirn. »Oder doch?«

»Jau. Du hast gesagt, wenn es keine Magie wäre, daß du alles verlierst, was, zum Teufel, sei es dann? Oder so ähnlich.« Er sah sich nach der Kellnerin um und bedeutete ihr, noch zwei Drinks zu bringen.

»Ja, kann schon sein.« Lou rieb sich die Wange. »Ich erinnere mich wirklich nicht mehr. Ich bin selbst ein wenig beschwipst. Wenn das Essen doch endlich käme.«

»Zum Glück hast du nicht gesagt: ›Wenn das *gottverdammte* Essen doch endlich käme. Gott weiß, was du dann verloren hättest.«

»Es geht aber trotzdem nicht auf, Tony.«

»Und warum nicht?«

»Weil ich in diesen drei Monaten, in denen ich die Ohrringe hatte, ein paar hundert Mal geflucht haben muß.«

»Bist eben ein kleiner Bösewicht, was? Na und?«

»Na ja, ich habe sie erst heute abend verloren, *Schatz*«, sagte sie mit übertriebener Geduld. »Verstehst du, was ich meine?«

»Ah.« Er nickte und schielte auf die Vorspeise. *»Ah.«* Er deutete mit dem Finger auf Lou. »Aber vielleicht waren die Umstände nicht richtig.«

»Die Umstände?«

Die Kellnerin kam, setzte zwei weitere Gläser ab und nahm die leeren mit. »Es dauert nicht mehr lange«, sagte sie. »Aber ein

Hähnchen-Cordon bleu braucht eben seine Zeit.« Beide schenkten ihr nicht die geringste Beachtung.

»Erinnerst du dich daran, was du gesagt hast, als du im Schlafzimmer deinen Zaubertrick vorgeführt hast?« fragte Tony. »Wie ich dir etwas geben mußte, das mir wirklich etwas bedeutet?«

Bevor die Kellnerin wieder ging, bedachte sie Lou mit einem seltsamen Blick.

»Mir haben die Ohrringe etwas bedeutet«, sagte Lou beleidigt. »Sie waren schließlich keine billigen Klunker, ver...«

Tony hob die Hand. »Beherrsch dich. Vielleicht habe ich unrecht, aber wir wollen kein Risiko eingehen, okay?«

Lou sah zur Decke hoch. Als sie den Blick wieder senkte, stellte sie fest, daß der Mann am Nebentisch sie immer noch anstarrte. Sie rümpfte die Nase. »Okay, okay. Aber die Ohrringe haben mir trotzdem etwas bedeutet.«

»Sicher. Auf abstrakte Weise. Aber heute abend wolltest du sie wirklich tragen. Also hast du nach ihnen gesucht, und kaum hattest du zu suchen angefangen, da machtest du dir Sorgen, weil du ja wußtest, daß du ständig alles verlierst. Deine Anspannung wurde immer größer, irgendwann hast du wahrscheinlich ›zum Teufel‹ oder so gesagt, und...« Er tippte sich mit dem Finger an die Wange. »Spurlos verschwunden. Genau wie mein Ring, der dir genauso wichtig war wie mir.«

Lou rührte sich nicht .»Ich habe ›verdammt‹ gesagt.«

Tonys Augen weiteten sich. »Oh. Verdammt?«

Sie nickte.

»Aha.« Er trommelte mit den Fingern auf dem Tisch. »Weißt du, ich glaube es immer noch nicht ganz. Ich meine, ich habe das einfach so dahingesagt. Die eine Absurdität ist genauso gut wie die andere. Jetzt werde ich nervös.« Er nahm einen tiefen Schluck aus seinem Glas. »Und nüchtern. Aber nicht für lange, hoffe ich.«

Lou nippte an ihrem Drink, ohne ihn zu schmecken. »Dadurch weiß ich immer noch nicht, wie ich mit dieser Sache fertig werden kann.«

Tony zuckte die Achseln. »Wie wär's, wenn du darauf achtest, was du sagst?«

»Es wäre besser, wenn ich eine Möglichkeit finden würde, den Fluch von mir zu nehmen. Ich will keine Hexe sein. Ich habe mein ganzes Leben Sachen verschwinden lassen, seit ich ein kleines Mädchen war...«

»Hast wohl immer heimlich geflucht, was?«

»Nein. *Nein.*« Lou pochte mit den Knöcheln auf den Tisch. »Das weiß ich ganz bestimmt. Ich war ein sehr braves kleines Mädchen. Das schlimmste, was ich je sagte, war ›Oh, mein Gott‹.«

»Was genaugenommen ein Fluch ist.«

»Ach *ja*?«

»Du-weißt-schon-wessen Namen unnütz in den Mund nehmen. Damit fluchst du. Wirklich.«

»Oh, G... großartig.«

Tonys Miene hellte sich auf. »He. Vielleicht finden wir einen Weg, die Sachen zurückzuholen.«

»Was?«

»Ja. Jetzt, da wir wissen, wie du sie verlierst, können wir vielleicht eine Möglichkeit austüfteln, wie du den Fluch umkehren und sie wiederfinden kannst.«

Die Kellnerin kam mit den Mahlzeiten und stellte die Teller langsam vor ihnen ab, für den Fall, daß sie weitere interessante Gesprächsbrocken über Zaubertricks im Schlafzimmer aufschnappen konnte. Als sie keine weiteren Details vernahm, ging sie wieder. Lou griff zu Messer und Gabel und sägte an ihrem Hähnchen herum.

»Das glaube ich kaum«, sagte sie. »Heute habe ich zum erstenmal so etwas wie mit deinem Ring gemacht. Ich hatte immer zu viel Angst, daß es klappen würde. Und es klappte ja auch. Ich brauchte dreißig Jahre, um bis hierher zu kommen. Ich werde wahrscheinlich sechzig sein, bevor ich über einen entgegengesetzt wirkenden Bannspruch stolpere. Wenn es überhaupt einen gibt.«

»Es muß einen geben«, sagte er um einen Bissen Schinken herum. »Magie ist symmetrisch. Yin und Yang und so weiter.«

»Du sprichst von der Magie, über die du in Büchern liest. Populäre Kultur und Hexenzirkel in Kalifornien und so. Wir befassen uns mit echter Magie. Die wirklich funktioniert, im Gegensatz zu diesem Unsinn.«

Tony schüttelte nachdenklich den Kopf. »Wenn es in die eine Richtung funktioniert, muß es auch in die andere funktionieren. Selbst Magie – echte Magie – muß Gesetzen unterliegen, genau wie die Natur. Zum Teufel, du wirst sogar von einem beherrscht. Aktion: Fluch. Reaktion: Etwas verschwindet.«

Der leichte Schwips, den Lou allmählich gespürt hatte, ließ nach, als sich ihr Magen füllte. „In Ordnung. Das klingt vernünftig, so vernünftig, wie es unter diesen Umständen überhaupt klingen kann. Zum T... Totlachen.«

Tony zuckte zusammen. »Das war knapp.«

»Ich dachte, es müsse *gewisse Bedingungen* geben.«

»Versuche das Schicksal nicht.«

»Ist ja fabelhaft«, sagte sie mürrisch. »Entweder verliere ich mein ganzes Leben lang alle möglichen Sachen, oder ich muß wie die kleine Maria Sonnenschein sprechen. Wie, zum... wie ist es überhaupt dazu gekommen? Ich habe nicht darum gebeten, eine Hexe zu sein.«

»Entspanne dich.« Tony tätschelte unbeholfen ihre Hand. »Sei guten Mutes. Ich habe dir herauszufinden geholfen, warum du immer alle möglichen Sachen verlierst. Ich wette, ich kann dir auch helfen, sie wiederzufinden.« Sehr zu ihrer Bestürzung bestellte er einen weiteren Drink.

Als sie endlich aufbrachen, war Tony sturzbetrunken. Es gelang ihr zwar, ihn vom Restaurant zum Parkplatz zu geleiten, doch es stand außer Frage, daß er nicht mehr fahren konnte. »Vielen Dank, Tony«, murmelte sie, als sie ihn auf dem Beifahrersitz anschnallte. »*Ich* habe Geburtstag, und *du* läßt dich vollaufen. *Tausend* Dank.«

Seine Augen öffneten sich zu Schlitzen, und er lächelte ihr schläfrig zu. »Gern geschehn. Alles Gute zum Geburtstag.« Dann war er wieder außer Gefecht, schlief tatsächlich ein. Sie schlug die Tür zu und ging um den Wagen herum zur Fahrerseite; dabei war sie selbst nicht ganz sicher auf den Beinen. Sie haßte es, fahren zu müssen, wenn sie auch nur ein Glas getrunken hatte, aber sie hatte ihren Alkoholgenuß schon immer besser unter Kontrolle halten können als Tony. Trotzdem konnte sie sich nicht daran erinnern, wann sie ihn zum letzten Mal so betrunken gesehen hatte.

Nicht, daß sie sich nicht selbst gern ordentlich einen hinter die Binde gegossen hätte, dachte sie, während sie darauf achtete, nicht schneller als vierzig zu fahren. Sie hatte bestimmt mehr Grund dazu als Tony. Sie warf einen Blick auf seinen schlaffen Körper, der wie eine Puppe im Gurt hing, und spürte, wie die Wut in ihr emporstieg. Hier war sie nun, eine Hexe wider Willen, mitten in einer modernen amerikanischen Großstadt, mit einer Macht, die ihr nicht im geringsten zugute kam, und was machte er, wenn sie seine Hilfe brauchte? Ließ sich vollaufen und schlief ein.

Sie preßte die Lippen aufeinander. Sprich es nicht aus, sagte sie sich. Sprich es nicht aus, oder du verlierst bestimmt die Hausschlüssel, weil die es sind, die du ein paar Blocks weiter am dringendsten brauchst.

Sie beherrschte sich und gestattete sich nicht einmal ein Seufzen, bis sie den Wagen in die Garage neben dem Haus fuhr. Wäre Tony nicht indisponiert gewesen, hätte er sicher darauf bestanden, den Wagen rückwärts hineinzusetzen, damit er am nächsten Tag einfach hinausfahren konnte, aber sie wollte es gar nicht erst versuchen. Zur Abwechslung konnte Tony mal rückwärts aus der Einfahrt fahren. Er würde schon nicht daran sterben.

Sie stieg aus und fummelte mit den Schlüsseln in der Dunkelheit herum, um die Tür zur Küche aufzuschließen. Sie schaltete das Garagenlicht ein und mußte zu ihrer großen Verärgerung feststellen, daß die Glühbirne durchgebrannt war. Nun mußte sie Tony praktisch in völliger Dunkelheit ins Haus tragen. Seufzend schloß sie die Tür auf und ertastete sich den Weg zu Tonys Wagenseite.

»Tony? Tony, wir sind zu Hause.« Als Antwort vernahm sie ein schwaches Stöhnen. Am nächsten Morgen würde es ihm ganz schön dreckig gehen. »Tony, wach auf, damit ich dich ins...« Ihr Fuß stieß mit einem lauten Poltern gegen etwas Hartes, und sie verlor das Gleichgewicht und fiel seitwärts auf die Motorhaube. »Oh, *verdammt!«* schrie sie und richtete sich mühsam wieder auf.

Dann erstarrte sie, stand über den Wagen gebeugt da und begriff, was sie gesagt hatte.

»Tony! *Tony!«* Sie lief vorn um den Wagen herum und stieß sich das Knie an der Stoßstange. »Tony, ich habe es gesagt! Es ist mir so herausgerutscht! Ich habe ›verdammt‹ gesagt! Schnell, Tony, wach auf, wir müssen herausfinden, was ich diesmal verloren habe. Die Hausschlüssel...«

Sie riß die Wagentür auf. Das Aufblitzen der Innenbeleuchtung schmerzte in ihren Augen, und einige Sekunden lang konnte sie nur dastehen und auf den leeren Vordersitz starren.

»Oh, zum Kuckuck!« sagte sie kläglich. »Oh, zum Kuckuck noch mal damit!«

Doch der Vordersitz blieb leer.

Mildred Downey Broxon

Die Nacht der fünften Sonne

Vier Sonnen sind vor uns gestorben, sagen die Azteken. Die erste wurde von Jaguaren zerstört, die zweite vom Wind, die dritte von heftigem Regen, und die vierte von einer Flut.

Dann wurde die unsere geboren, die fünfte Sonne. Der Gott Huitzilopochtli muß gefüttert werden, oder die Sonne wird sterben. Am Ende eines jeden Zyklus' von zweiundfünfzig Jahren wird die Sonne schwach.

Die geeignete Nahrung für die Sonne sind Menschenherzen und Blut.

Der Winter atmete tödliche Kälte ins Stadtzentrum. Die Metropole breitete sich auf etwas aus, was einst eine Insel in einem seichten See gewesen war. Gelb durch den Smog zogen die Plejaden am Himmel Kreise. Der Wind geisterte durch Jahrhunderte der Geschichte, wirbelte Unrat über die Straßen, auf denen einst federgeschmückte Krieger geschritten waren, und glitt zur antiken Opferstelle. Nun stand dort kein Tempel mehr; der Wind kroch durch Krankenhausfenster.

Im Kellergeschoß erschauerte Jesus-Maria Lopez und trat näher zum Heizungsofen. Er öffnete die Feuertür; Licht glitzerte auf Glasscherben. Haufenweise stapelten sich Kartons mit Scherben. Er hatte diese Woche geholfen, die Laboratorien aufzuräumen und hätte den Abfall eigentlich hinaustragen müssen, aber dafür war auch noch morgen Zeit. Dies war eine Nacht des Todes. Ein kalter Gott tanzte im Wind.

Seine Mutter hatte ihn gelehrt, genau zu zählen: heute nacht endete ein Zyklus. Zweiundfünfzig Jahre seit dem letzten Neuen Feuer: er war ein Junge von vier Jahren gewesen. Bei seiner Tante hatten sich in dieser Nacht die Wehen eingestellt. Am Morgen war die Sonne wie immer aufgegangen, doch seine Mutter hatte gesagt, Carmelita sei tot. Jesus-Maria erinnerte sich weinend daran.

Er erschauerte wieder. Nirgendwo war es auch nur nahezu so kalt wie in den Winternächten in Europa, während des Zweiten Weltkriegs, aber da war er auch einundzwanzig gewesen, ein eifriger Krieger. Selbst wenn der Tod überall um ihn herum zuschlug, es war ehrenvoll, in der Schlacht zu sterben. Kein Gedanke an Frau und Kinder zu Hause.

Aber er war zurückgekommen; und nun würde er seine Tage als Hausmeister im alten Krankenhaus beschließen, im Herzen von Mexiko-Stadt.

Heute abend lebten die Schatten. Unter dem Schweigen konnte er hören, wie Federn raschelten und Wasser in hölzernen Schalen plätscherte. Die Archäologen behaupteten, hier hätte einst ein Kanal gelegen, ein Wasserlauf, der den Tempel versorgte. Er war vor langer Zeit zugeschüttet worden, die Pyramide eingeebnet; und die Eroberer hatten eine ihrer Kirchen auf dem heiligen Ort errichtet. Im Versuch, die Stätte einzunehmen, waren eine größere Kirche, ein Kloster und schließlich ein Krankenhaus gefolgt. Doch heute abend hörte er Wasser plätschern. Und diese Nacht verknüpfte ein Bündel Jahre: die Sonne war schwach und hungrig.

Das Rascheln der Federn wurde lauter, wurde zum Kratzen, als führen knochige Finger über die Fensterscheibe. Er wollte nicht sehen, was draußen stand, doch er erhob sich und reckte die Schultern wie ein Mann. Schließlich stand dieser Ort unter seiner Obhut.

Das Kellergeschoß war ein halbes Stockwerk tief in den Boden eingelassen, so daß sich das Fenster auf Augenhöhe befand. Zuerst sah er nichts, wegen der Dunkelheit und des Drecks; dann machte er an der Wand eine Gestalt aus. Nackte Beine unter einem wadenlangen Rock, ein Wollschal um den Kopf – welche Frau würde ihn hier aufsuchen? Er öffnete das Fenster.

»Großvater?« Es war ein Krächzen.

Er trat zurück. Von seinen fünf Enkeltöchtern würde sich nur eine des Nachts auf die Straßen wagen. Wenigstens lebte sie. Es war so lang her, daß er es zum letzten Mal gehört hatte – sein Herz hämmerte. Er hielt den Atem an. »Luisa?«

Die Gestalt beugte sich vor. Er hörte ein gedämpftes Stöhnen. Dann: »Laß mich herein. Mir ist kalt, und...«

»Komm zur Seite herum.« Also war es soweit gekommen mit Luisa: eine Schlampe auf der Straße, die nirgendwo schlafen konnte. Er klinkte das Fenster zu und suchte nach den Schlüsseln.

Der kalte Wind, der Todeswind, blies sie durch die Tür. Lopez schaute zum Himmel hoch, sah aber nur gelben Dunst, der die Lichter der Stadt zurückwarf. »Komm näher ans Feuer, Kind.« Was immer sie wollte, sie würde es ihm sagen, sobald die Zeit gekommen war.

Die junge Frau fiel auf die Knie und unterdrückte einen Schrei. Eine Minute lang blieb sie bewegungslos gekrümmt hocken, dann richtete sie sich auf. Sie kroch auf den Ofen zu und streckte die Hände aus. Ihre Finger waren dick wie Würste, und der rote Nagellack war abgesprungen. Als sie den wollenen Schal zurückwarf, sah er, daß ihre

Gesichtszüge – sie waren einst so schön wie die ihrer Mutter gewesen – aufgequollen waren. Sie ließ den Schal zu Boden fallen und blickte zu ihm hinab. Er starrte auf ihren geschwollenen Leib.

»Du siehst«, sagte sie trotzig, »wie es um mich steht.« Dann erbleichte sie. Wieder krümmte sie sich, doch kein Ton kam über ihre Lippen.

»Mutter Gottes!« Der alte Mann war entsetzt. »Heilige Maria Magdalena, bete für sie!« fügte er wie als nachträglichen Einfall hinzu. Sollte diese Heilige nicht Mitleid mit einer Hurenschwester haben? »Sag mir, Kind, hast du niemanden?«

Sie wartete, bis der Schmerz nachließ, und schüttelte dann den Kopf. »Niemand.« Sie lachte. Das Geräusch war schneidend wie der Wind. »Ich konnte in letzter Zeit nicht... meinem Gewerbe nachgehen.«

»Komm, dann bringen wir dich schnell hinauf.« Zu Hause im Dorf hatten die Frauen keine Angst vor dem Gebären, doch sie waren auch noch die Frauen des alten, reinen Schlages. Stadtmenschen, selbst seine eigene Enkeltochter, waren nicht so stark.

Er schob die Hand unter ihren Ellbogen und half ihr auf die Beine. Hinter ihm ließ ein kalter Windstoß das Ofenfeuer aufflackern. Er ging zurück und drückte die Tür ins Schloß.

Auf der kleinen Station für Herzerkrankungen schlief ein Mann, mit Drähten verbunden. Maschinen zeichneten den unregelmäßigen Herzschlag auf. Das Herz war müde, und Teile von ihm waren schon gestorben.

Inmitten der Halbdunkelheit aus grünem Licht ballte sich Schwärze in einer Ecke zusammen. Adlerklauen scharrten über Fliesen. Unsichtbare Schwingen peitschten die Luft.

Der Mann rührte sich. Die Aufzeichnungen des Kardiographen zuckten auf und ab; der Schatten flog näher, verharrte dann. Dies war kein Krieger. Sein Herz war nicht geeignet, die Sonne zu nähren.

Als die Schwester ins Zimmer gelaufen kam, schlief der Mann. Sein Kardiogramm schien sich nicht verändert zu haben. Sie warf einen Blick auf den Ausdruck und schüttelte den Kopf: es stand nicht gut. Erst dann fielen ihr die Kratzer auf den Fliesen auf. Zweifellos hatte jemand schweres Gerät bewegt. Aber als sie ihre Runde gemacht hatte, hatte sie diese Scharren nicht gesehen. Sie sog die Luft ein: ein Geruch wie bei einer Operation. Sie schlug die Decken zurück, um nachzusehen. Der zusammengeschrumpfte Körper lag in einem weißen Hemd auf makellosen Laken. Warum war dann die Luft so schwer von frischem Blut?

Die Notaufnahme war hell und geräuschvoll. Lopez stand, eine farblose, stumme Gestalt, im Behandlungszimmer.

Der junge Arzt im weißen Kittel war ein Yankee und arbeitete erst seit kurzem hier. »Ah, Dschieses«, sagte er in stockendem Spanisch, »würden Sie bitte hinausgehen, während ich sie untersuche?« Jesus nickte und ging. Die Yankees hatten immer Schwierigkeiten mit seinen Namen – als wäre es Blasphemie, ihn auszusprechen. Es war der Name Gottes, warum also taten sie sich so schwer mit ihm?

Er fand eine Bank an der Wand und wartete, starrte stur geradeaus. Die Zeit verstrich.

Der junge Arzt klopfte ihm auf die Schulter. Jesus sah auf. »Sie ist schon lange in den Wehen, und sie ist auch krank. To-xi-kä-mie.« Jesus nickte bei dem unbekannten Wort. Ja, Luisa war krank. Das konnte er sehen. »Ich nehme sie auf, auch wenn sie nicht zu unseren Patienten gehört«, fuhr der Arzt fort. »Sie sagt, es würde sich niemand um sie kümmern.« Er sah Lopez mißbilligend an. »Sie ist außerdem unterernährt. Ihre Enkeltochter, sagen Sie?«

»Ja.« Jesus-Maria gab keine Erklärung ab. Dies war eine persönliche Schande.

»Dann werden Sie die Papiere unterschreiben müssen.« Der Arzt machte eine Handbewegung; ein Krankenpfleger fuhr Luisa davon.

In der Aufnahme hatte er Probleme; seine Augen waren schlecht. Die Aufnahmeschwester half ihm etwas ungeduldig. Auf dem Formular mußte er den Namen des Ehegatten angeben. Mit schamrotem Gesicht schrieb er: »Keiner.«

Die Stationsfenster waren vergittert. Die Spiegel an der Wand waren stahlfarben. Unfähig, Schlaf zu finden, schritt eine alte Frau mit eingefallenen Augen durch die Nacht.

Die Dunkelheit hielt an der verschlossenen Tür inne und sickerte dann hinein. Die alte Frau duckte sich, und ein verrücktes Lächeln zuckte über ihr Gesicht. Sie hielt die Hände der Kälte entgegen: »Ich werde mit dir gehen. Ich werde stolz sein, die Sonne zu nähren. Ich werde singend die Stufen hinauftanzen: nimm mich und sieh!«

Die Jahre hatten ihr Gesicht eingekerbt, und der Wahnsinn nagte an ihrem Verstand. Sie war kein würdiges Opfer. Die Dunkelheit schreckte vor ihrer Berührung zurück.

Sie sah ihr schluchzend nach und lief dann zum Fenster. Sie umklammerte die Gitterstäbe und schaute zum Himmel empor. Durch einen Riß im Smog funkelten die Plejaden, ein Band aus Diamanten. »Das Ende des Zyklus“, flüsterte sie, »der Tod der Fünften Sonne. Ich wäre gegangen, aber ich wurde nicht auserwählt.«

Sie stakte zum anderen Ende des Zimmers und sah in den trüben Strahl. »Er ist da«, flüsterte sie. »Der Gott der Rauchenden Spiegel beherrscht die Nacht.« Die Tränen auf ihren Wangen funkelten wie Sterne.

Jesus-Maria Lopez folgte seiner Enkeltochter in den Kreißsaal, aber man hatte ihr eine Spritze gegeben, damit sie schlief. Er konnte nichts tun, und so kehrte er ins Kellergeschoß zurück. Er machte sich Sorgen um den Ofen.

Er machte sich Gedanken um Luisa: sie sah sehr krank aus, und der Arzt schien besorgt. Frauen sterben manchmal bei der Geburt. Rosalia, seine Frau, hatte Glück gehabt. Sie hatte sechs Kindern das Leben geschenkt; und es war der Krebs gewesen, der sie schließlich zu den Kleinen Toten geschickt hatte. Aber denke an Carmelita, die jüngste Schwester deiner Mutter...

> Sonnenuntergang. Schläfrige Hühner pickten ein letztes Mal im Staub. Der Rauch von Holzkohle verdüsterte die Herbstluft. Die Frauen geschäftig in der Hütte, Carmelitas Schreie wie das Blöken einer Ziege, die Männer in kleinen Gruppen gegen die herankriechende Finsternis zusammengedrängt.
>
> Seine ältere Schwester brachte ihn zu Bett; am Morgen hörte er, daß Carmelita gestorben war. Seine Mutter hatte versucht, ihn zu trösten: »Carmelita ist ein *cihuateto*, sie ist jetzt im Himmel der Sonne. Sie ist im Kindbett gestorben; das ist für eine Frau genauso, als wäre sie Kriegerin gewesen. Und außerdem«, ein Nachsatz, »ist ihre Seele sicher bei der Gesegneten Jungfrau. Sie war eine gute Katholikin.«

Erst viel später in seinem Leben hatte er sich darüber gewundert. Solche Gedanken waren üblich in seinem Dorf, wo seine Familie ihre Abstammungslinie bis in die Zeit vor der Eroberung zurückverfolgen konnte. Sie waren Azteken – und niemals, fügte seine Mutter stolz hinzu, hatte es spanisches Blut bei ihnen gegeben. Die Frauen, die vergewaltigt oder verschleppt worden waren, hatten sich aus Schande aufgehängt.

Die Zeit verstrich, und in Europa begann der Krieg. Jesus-Maria wollte Ruhm, und so überquerte er den Ozean, um zu kämpfen. Er kam nach Hause, um das Dorf ausgetrocknet wie eine Kürbisflasche vorzufinden. Seine Mutter war tot. Er blieb über ein Jahr, folgte aber schließlich den anderen jungen Leuten in die Stadt. Er, Rosalia und die Kinder waren niemals zurückgekehrt, nicht einmal zum Fest der Toten.

Jahre später, im Anthropologischen Museum, sah er die Steinstatuen von *cihuatetos*, die Hände verkrampft, die Zähne zu einem totenkopfähnlichen Grinsen entblößt. Mit einem Schauder erinnerte er sich an Carmelita.

In der Stadt lernten seine Kinder das Stadtleben und heirateten, wen sie wollten, ohne um Rat oder Erlaubnis zu fragen. So kam schließlich doch noch spanisches Blut in ihre Linie. Pedro, sein Ältester, heiratete eine Bankkassiererin, eine hübsche Frau, die ihm drei Kinder schenkte, bevor sie nach Los Angeles davonlief. Von diesen dreien war das erste Luisa.

So war das Leben. Nun kümmerte er sich um die Heizung und wischte Böden im Krankenhaus, und Luisa verkaufte ihren Körper auf der Straße.

Er zuckte die Achseln und überprüfte die Heizung. Das Feuer war fast erloschen.

Die junge Frau lag allein in einem Zweibettzimmer. Ihr Gesicht glänzte vor Schweiß, ihr schwarzes Haar war wirr über das Kissen ausgebreitet, und ihre Finger umklammerten krampfhaft das Laken. Alle paar Minuten wurde sie von Wehen geschüttelt. Kein Ton drang über ihre Lippen.

In der Ecke wurde die Dunkelheit körperlich. Eine Frau bei der Geburt – ja, hier war ein würdiges Opfer. Die Unerschrockenheit, die Furcht, der Schmerz – all das kam noch dazu. Es war angemessen, es war, wie es sein sollte. Diese Frau war zum größten Teil noch vom alten Schlag, stammte von jenen ab, die noch die entsprechende Ehrfurcht gekannt und ihre Götter mit Menschenherzen und Blut genährt hatten.

Die Dunkelheit erhob ein Obsidianmesser und kostete die Zukunft.

Der Brenner zeigte nur eine einzige niedrige Flamme. Jesus-Maria murmelte leise etwas, eine Mischung aus Fluch und Gebet. Den alten Traditionen zufolge sollten heute nacht alle Feuer gelöscht werden, bis das neue auf der Brust eines Opfers entfacht wurde. Aber es gab keine Opferungen mehr. Sicher erwarteten es die uralten Götten nicht mehr, sich an Menschenleben zu laben.

Wasser schlug gegen ein hölzernes Boot, und Federn raschelten. Ein Flüstern: »Der Sternhaufen steht hoch. Ein Bündel Jahre wurde zusammengefaßt und verschnürt. Diese Nacht wird die fünfte Sonne ausströmen.«

In der Dunkelheit sah Jesus-Maria ein Funkeln, wie von schwarzem Vulkanglas, von einer düsteren Gestalt umfaßt. Nein, es war nur sein alter Mantel, der in einem Luftzug schwang, und das Licht spiegelte sich auf zerschepperter Laborkeramik. Die Scherben waren lang und gefährlich. Er hätte die Kartons hinaustragen sollen, doch er verspürte keinen Drang, dem todeskalten Wind zu trotzen.

Er blies die dichten Wolken auseinander, sah Jesus-Maria. Die Plejaden glitzerten wie ein zerbrochenes Weinglas.

Er wandte sich wieder dem Heizkessel zu. Nichts funktionierte, gleichgültig, wie er den Ölfluß einstellte. Es mußte mit irgendwelchen Luftströmungen zusammenhängen. Er mußte sich überlegen, wie er den Kamin abschirmen konnte. Morgen. Heute abend war er so müde, war ihm so kalt...

Das Klopfen riß ihn aus dem Halbschlaf. Er öffnete die Tür. Julio, der Krankenpfleger, stand dort, eindrucksvoll in seinem weißen Aufzug. »Man... man hat mich geschickt, nach dir zu suchen, Jesus. Deine Enkeltochter...« Er schluckte. »Sie haben den Priester gerufen. Du solltest zu ihr gehen.«

Wortlos folgte Jesus ihm.

Ja, es war gut. Die Welt würde einen weiteren Zyklus lang verschont bleiben. Diese Frau würde genügen. Wenn sie ihre Belohnung als cihuateto *forderte, hatte sie sie auch wirklich verdient.*

Anscheinend war sie ein williges Opfer. Ja, die Sonne würde gefüttert werden. Die Welt mußte in dieser Nacht kein Ende finden.

Die Dunkelheit wartete, um das Opfer anzunehmen. Sie war geduldig. So alt, wie sie war, konnte sie es sich erlauben.

Der Priester schloß die Tür und wischte Speichel von seiner Wange. Seine Hand zitterte. »Sie wollte mich nicht sehen«, murmelte er. Dann, zu Lopez: »Sind Sie ihr Großvater?«

Lopez nickte.

»Bringen Sie das Kind zur Vernunft. Sagen Sie ihr, sie solle beichten, egal, was sie getan hat. Ihr Leben ist in Gefahr. Sie könnte in ihren Sünden sterben! Ich werde warten.« Er wandte sich ab, ging zu einem Stuhl und schlug ein Gebetbuch auf. Seine Bewegungen wirkten zornig.

Der Arzt sah auf, als Lopez eintrat. »Wie ich es mir dachte, sie liegt seit Tagen in den Wehen. Das Fruchtwasser ist schon lange abgegangen. Es könnte eine Infektion verursacht haben.«

Lopez hörte seine Sätze, schenkte ihnen aber wenig Beachtung. Das Antlitz des Mädchens auf dem Kissen hätte das Rosalias gewesen sein können, seiner Frau, nun, da Luisas scharfe spanische Gesichtszüge von der Schwellung aufgebläht waren. Vermischtes Blut oder nicht, sie ähnelte auch ihrer Seite der Familie.

»Luisa...«

»Verschwinde! Ich will deine Sakramente nicht!«

»Luisa, es ist dein Großvater, nicht der Priester. Es ist kein Priester hier, Luisa.«

Sie schlug die Augen auf und suchte das Zimmer ab. Ihr Blick verweilte in der dunkelsten Ecke. Sie fuhr sich über die Lippen. »Großvater?« Sie wandte den Blick nicht von den Schatten ab.

»Ich bin hier, Luisa. Warum hast du den Priester fortgeschickt? Du weißt doch, daß du sehr krank bist.«

»Ich will nicht beichten. Mir tut nichts leid. Ich bereue nichts. Nicht einmal... das.« Sie sah ins Leere und lächelte leicht.

Lopez sah nichts in der Halbdunkelheit. Aber als er sich umdrehte, aus den Augenwinkeln – *der Federkopfschmuck, das Aufblitzen heller Farben, ein schwarzes Messer* – nein, als er noch einmal hinsah, wehte dort nur ein Vorhang im Luftzug.

Luisa fing an zu schreien; um sich Einhalt zu gebieten, schlug sie die Zähne in ihr Handgelenk. »Sie gehen jetzt lieber«, sagte der Arzt. »Sie muß ruhig bleiben. Wir halten Sie auf dem laufenden.« Er zog das Laken zurück; Lopez erhaschte einen Blick auf helles Blut.

Der Priester sah auf, als er an ihm vorbeiging. Lopez schüttelte den Kopf. »Beten Sie für sie. Vielleicht ist sie verrückt.«

Des Priesters Gesicht glättete sich. »Ja, vielleicht, fürwahr, das arme Kind.«

Sie wußten, wo sie ihn finden konnten. Er mußte sich um die Heizung kümmern. Besser, ein Mann hat etwas zu tun in einer Nacht, da der Tod auf dem Wind tanzt.

»Ich bin so froh«, murmelte Luisa auf Nahuatl. »Nimm mich.«

»Was hat sie gesagt?« fragte der Yankeearzt die Schwester. »Ich habe es nicht verstanden.«

»Ich auch nicht«, erwiderte die Schwester. »Sie liegt wahrscheinlich im Delirium.« Keiner von ihnen beherrschte die uralte aztekische Sprache.

Der alte Mann öffnete die Ofentür und spähte hinein. Alles schien so, wie es sein sollte, doch die Flamme erstarb. – In Vorbereitung auf das Opfer: ein hochwohlgeborenes Opfer, eine würdige Hingabe. Dies ist das zweiundfünfzigste Jahr, das Ende des Zyklus. In dieser Nacht wird die Sonne vernichtet werden und Welt ihr Ende finden, wie sie bereits vier Mal...

»Natürlich glaubt heute keiner mehr daran.« *Er mußte die Stimme über das Geräusch des schlagenden Wassers erheben. Paddel tauchten in den Kanal ein. Jetzt schon mehrere. Die quadratische Fensterfläche war grau von den Straßenlaternen und dem Sternenschein gewesen, doch plötzlich wurde sie schwarz. Er trat hinüber und sah, neben dem Krankenhaus, das wie die alte Kirche auch plötzlich winzig wirkte, die Pyramide dunkel vor dem Himmel. Auf ihrer Spitze flackerten Fackeln und wurden erstickt: in der Ferne sah er den Glanz eines schon lange zugeschütteten Sees.*

Auf den nahegelegenen Dächern versammelten sich Menschen. Sie trugen Federn, Helme, helle, gewobene Kleidung. Und wie die Gebäude, die sie in sich bargen, waren sie irgendwie substanzlos. Kinder weinten und wurden zur Ruhe gebracht.

Der Ofen spuckte eine gelbblaue Flamme gegen die Dunkelheit. Er eilte zurück, drehte die Ölzufuhr größer und rieb ein Streichholz an. Die Flamme erlosch in seiner Hand.

Julio klopfte an die Tür. »Schnell, Jesus, schnell!« Seine Stimme war drängend. »Sie hat eine Wehe gehabt – der Arzt sagt, sie stirbt. Wenn du bei ihr sein willst...« »Ich komme sofort.« *So.* Am Ende des Zyklus, im zweiundfünfzigsten Jahr, geht Luisa, meine kleine Luisa, von dannen, um die Sonne zu nähren. War alles dafür geschehen? Das ausgedörrte Dorf, unser Umzug in die Stadt, Luisas Geburt, ihr Leben auf der Straße – alles nur dafür, daß sie bei der Geburt geopfert wurde und der Sonne als *cihuateto* diente? Es gibt keine weiteren Opfergaben, in dieser letzten, hungrigen Zeit. Meine kleine Luisa wird in ihren Sünden sterben, ohne Beichte und Absolution. Wird es die Hölle oder das westliche Paradies der Sonne für sie geben?

Wenn die Sonne nicht genährt wird, wird sie sterben, und die Welt wird untergehen. Auch wenn heute niemand mehr daran glaubt. Es ist dennoch wahr.

Julio klopfte erneut »Jesus! Schnell, ich bitte dich!«

»Geh voraus. Ich komme gleich nach.« Selbst wenn niemand es weiß, ist es dennoch wahr. Luisa, Kind, du solltest nicht in deinen Sünden sterben. Ich bin ein alter Mann. Die Sonne muß genährt werden. »Geh voraus, Julio«, rief er und wartete, bis er die Schritte verklingen hörte.

Er zog den Karton mit dem zerbrochenen Glas in den letzten Feuerschein und suchte eine lange, dicke Scherbe aus. Er hielt sie in der Hand. »Lieber Gott, nimm meine Seele auf.« Er wußte nicht, welchen Gott er meinte. »Wir glauben nicht. Wir fürchten.« Die Glasspitze funkelte. Er hob sie hoch und trieb sie in sein Herz hinab.

Er atmete Schmerz. Durch einen Schleier sah er, wie das Feuer erlosch.

Die Dunkelheit schmeckte den Tod eines Kriegers. Sie verließ das Zimmer, in dem die junge Frau lag. Diese Nacht würde die Sonne schwelgen.

Die Stadt erwachte. Verkehr wälzte sich über uralte Pflasterstraßen. Nur wenige von denen, die zur Arbeit eilten, wußten, daß heute ein neuer Zyklus von zweiundfünfzig Jahren begann. Keinen kümmerte es, daß er lebte, weil Huitzilopochtli und die Sonne gespeist hatten.

Die Schwester reichte Luisa ihren neugeboren Sohn. Die Mutter nahm ihn und lächelte. »Ich werde ihn Jesus-Maria nennen.« Durch das Fenster berührte ein Speer aus Sonnenschein das Kind; sie erschauerte und drückte es an ihre Brust.

Lee Killough

Der Jarabon

Was ich nicht alles für Sperrow tue, dachte Kele und seufzte. Sie hatte in Erwägung gezogen, zu diesem Anlaß Sterne zu tragen, eine angemessene Kleidung für eine interstellare Reise, konnte aber doch nicht einem Nerz widerstehen. Mit winzigen Synjuwelen besetzt, strahlte das aufgemalte Bildmuster, von den geschwärzten, lauernden Spinnen ihrer Augen ausgehend, über ihr ganzes Gesicht. *Komm in meine gute Stube, kleine Fliege*, dachte sie und meinte damit den Mann, der vor ihr auf dem Weg zur Liegestelle des Cunard-Passagierschiffs *Märzlicht* die Halle des Raumhafens Chelsea durchquerte.

Er paßte gut zu den anderen Passagieren... die Stiefel schenkelhoch, die Ärmel genauso aufgebauscht wie bei ihnen, der Stoff seiner Kleidung ebenso mit Quasten, Fransen und Glitzertand geschmückt – und gekrönt von einem üppig mit Stickereien und Juwelen verzierten Sattel. Riffer – Diebe –, die nach einem Opfer Ausschau hielten, hätten den billigen Aufputz jedoch augenblicklich als solchen erkannt (selbst aus sieben Metern Entfernung bereitete es Kele keine Schwierigkeiten, die ›Juwelen‹ auf dem Sattel als billige Synthetikstücke zu identifizieren) und den Mann zugunsten der Frau vor ihm übergangen, deren Gesichtsjuwelen und Kleidung echten Reichtum widerspiegelten. Überdies bewegte sich der Mann, als wolle er jede Aufmerksamkeit von sich ablenken... nicht forsch, aber auch nicht so furchtsam, um sofort als leichtes Opfer aufzufallen. Niemand, der nicht über Keles Informationen verfügte, hätte vermutet, daß er etwas von tatsächlichem Wert bei sich trug. Was ihn zu einem idealen Kurier für Sidakar Vermilion machte.

Aber nicht zu einem perfekten, wie Kele hoffte.

»Er trägt ein Päckchen bei sich. Ich will, daß du es für mich sicherstellst, bevor er es auf Nordfeuer an Vermilion aushändigen kann«, hatte Belas Sperrow gesagt, als er Kele nur wenige Stunden zuvor aus tiefem Schlaf gerissen hatte.

»Vielen Dank, daß du mir soviel Zeit für die Planung gibst«, hatte sie gemurrt.

»Ich habe selbst erst vor kurzem von der Übergabe erfahren.« Sperrow war zwar nicht groß oder ehrfurchtgebietend – eigentlich eher klein –, aber ein Mann wie eine biegsame Peitsche, ein Mann wie eine Messerklinge, die Augen so funkelnd und hart wie blaue Diamanten. Vom Telekomschirm aus strahlten diese Augen sie oberhalb eines überredenden Lächelns eisig an. »Kele, mein kleiner Spatz, du wirst es schaffen. Wie ich dir immer wieder sage, du bist die beste Diebin der Hundert Welten.«

Während Kele Vermilions Kurier folgte, dachte sie mürrisch darüber nach, daß Sperrow Gefallen daran zu finden schien, immer schwierigere Aufträge für sie zu finden, an denen sie seine Behauptung unter Beweis stellen mußte. Sie fragte sich, warum sie die meisten annahm, und gab sich die Antwort selbst. Zum Teil wegen des Vergnügens. Welche andere Tätigkeit bot die gleiche Herausforderung und den gleichen Nervenkitzel bei der Durchführung, aber auch den gleichen Triumph im Falle des Erfolgs? Und sie war Sperrow einiges schuldig. Sie war ihm Dankbarkeit, Loyalität und Folgsamkeit schuldig. Sie verdankte Sperrow alles.

Vor achtzehn Jahren war sie eins von Hunderten namenloser, heimatloser Kinder gewesen, die in den Straßen von Windwärts Stadt der Neuen Hoffnung lebten – welch ein ironischer Name! – und sich ihren Lebensunterhalt zusammenstahlen und schliefen, wo immer sie konnten. Der Segelwagen hatte so verlockend gewirkt mit seinem Glanz des Teuren und der offenen Bar im Passagierabteil, so daß sie all das Glas und das Silber sehen konnte. Doch als sie ihrer Pfeife einen passenden Ton entlocken wollte, mit dem sich das Frequenzschloß der Tür öffnen ließ, hatte sich eine Hand auf ihre Schulter gelegt.

Sie hatte ihren Häscher kratzend und beißend angesprungen, doch selbst ihre Schnelligkeit und Verzweiflung kamen nicht gegen seine Stärke an, und nachdem er sie verprügelt hatte, hatte er sie seinem kleineren Gefährten vor die Füße geworfen... Sperrow.

»Was hast du da gemacht?« fragte Sperrow.

Sie hatte aufgeschaut und ihre dunklen Augen schreckten vor dem harten Glanz der seinen zurück. »Nichts«, erwiderte sie trotzig.

Der größere Mann riß sie hoch. Ihre Zähne schlugen aufeinander, als er sie so schüttelte, wie ein Schlangenhund einen Engelmacher. Dann ließ er sie wieder fallen.

»Was hast du da gemacht?« wiederholte Sperrow.

»Das Wagenschloß aufgepfiffen«, flüsterte sie, diesmal voller Entsetzen.

Der größere Mann lachte spöttisch. »Was? Lächerlich! Bel, ich rufe einen Amtsträger.«

Doch Sperrow hatte den Kopf geschüttelt und kniete, die Augen zu Schlitzen verengt, vor Kele nieder. »Du kannst es wirklich?«

Sie beäugte ihn, unsicher, was sein plötzlich freundlicher Tonfall zu bedeuten hatte. »Es ist das beste Frequenzschloß auf dem Markt, angeblich unüberwindbar. Wenn du es aufpfeifen kannst«, sagte er, »*schenke* ich dir alles, was du stehlen wolltest.«

Bei dem Gedanken an den Inhalt des Wagens war sie sich mit der Zunge über die Lippen gefahren und hatte das Schloß aufgepfiffen.

»Wie alt bist du?« fragte Sperrow.

»Zehn.«

Er zog die Brauen hoch. »Ich hätte gedacht, sechs oder sieben. Hast du ein Zuhause?«

Sie musterte ihn mißtrauisch. Was hatte das zu bedeuten? »Nein. Geben Sie mir, was Sie mir versprochen haben?«

Sperrow hatte dünn gelächelt. »Das und mehr, wenn du für mich arbeitest.«

Er hatte sie zu seinem Mündel gemacht, ihr ein Zuhause, Nahrung, Kleidung und eine Ausbildung gegeben, und keine Unkosten gescheut. Sie hatte sich in den elitärsten Kreisen bewegt, gelebt und ausgesehen wie das reiche, kaltschnäuzige Playgirl, eine Rolle, die Sperrow ihr zugedacht hatte. Wenn Sperrow dafür nur ein wenig Diebstahl und Spionage von ihr verlangte, wie konnte sie ihm dies abschlagen?

Kele hatte es ihm niemals abgeschlagen und schlug es ihm auch diesmal nicht ab. Sie musterte sein Bild auf dem Telekomschirm und zuckte die Achseln. »Naja, diese Herausforderung ist wohl einzigartig. Ein linker Dreh während eines Raumflugs. Was ist in dem Päckchen?«

»Weißt du, was ein Jarabon ist?«

Kele wußte es. Die Copianer – die ausgestorbenen Ureinwohner von Cornucopia – hatten aus Edelsteinen Nachbildungen von Blumen geschnitten, so realistisch, daß sie wie versteinerte Blüten aussehen. Jeder beugte das Licht auf solche Weise, daß er von innen heraus zu leuchten schien. Von gerade zu schmerzender Schönheit, waren sie sehr alt, sehr selten und sehr, sehr kostbar. Die meisten Jarabons befanden sich im Besitz von Museen.

»Also hast du erfahren, daß Vermilion seine schmierigen Griffel nach einem ausstreckt und plötzlich den unwiderstehlichen Drang verspürt, es ihm abzunehmen?«

»Oh, nein.« Sperrow hatte gelächelt, eine schwache Regung mit nur wenig Amüsiertheit. »Ich will ihm den Jarabon zurückgeben.«

Sie starrte ihn an. *»Zurückgeben?«* Sie kannte sich in der Industriespionage aus, doch die Spielchen, die Sperrow und seine Mitkonkurrenten betrieben, überstiegen ihr Verständnis bei weitem. Sie seufzte. Was sie nicht alles für ihn tat. »Wie du willst.«

Das war leicht gesagt, überlegte Kele, als sie beobachtete, wie sich ihre Beute der Bordschleuse näherte, aber sie hatte es auch gesagt, bevor sie erfuhr, daß sie dem Kurier erst auf dem Raumhafen Chelsea begegnen würde. Als sie ihn in der Halle beobachtet hatte, konnte sie nicht einmal vermuten, wo er den Jarabon versteckt hatte. Das heißt, sie würde ihn und sein Gepäck durchsuchen müssen, und die einzige sich bietende Gelegenheit dazu war... der Flug nach Nordfeuer.

Die Gelegenheit, ja; aber... würde sie körperlich in der Lage sein, sie auch zu nutzen? Würde der Zeitwind ihr nicht einen Strich durch die Rechnung machen? Sie hoffte, Sperrow würde zu würdigen wissen, was sie seinetwegen auf sich nahm. Sie atmete tief ein und reichte dem Steward ihre Bordkarte.

Er prüfte sie und gab sie ihr mit jenem ehrerbietigen Lächeln zurück, das Stewards jemandem mit ihrem augenscheinlichen Reichtum automatisch schenken. »Nidra Saar. Willkommen an Bord. Sie haben Koje 43-C.«

In dieser Nähe zum Kurier brauchte Kele eine Deckung. Sie fand sie, indem sie sich zu einer Matrone mit gewissenhaft aufgetragenem Make-up und Juwelenschmetterlingen um die Augen gesellte. »Ich halte es für unfair, daß wir die ganze Reise in der Traumzeit verbringen müssen«, sagte sie mit verdrossenem Tonfall zu der Schmetterlingsfrau. »Warum sollen nur die Piloten die Sterne im Hyperlich sehen können?«

Die Schmetterlinge um die Augen der Matrone bewegten sich unruhig hin und her. »Aber meine Liebe, das ist die *einzige* Möglichkeit, mit Überlicht zu reisen. Jeder weiß das.«

Dies traf zumindest auf die meisten Menschen zu, eine bedauerliche Tatsache, die der Menschheit schon bei den Testflügen von Emile Gallipeaus Überlicht-Triebwerk aufgezwungen worden war. Vom ersten Feldversuch mit Gallipeaus Raumschiff waren zwei der drei Mannschaftsmitglieder mit ernsthaften psychischen Störungen zurückgekehrt, die sie ihr ganzes Leben lang beeinträchtigt hatten, und nachfolgende Tests hatten ergeben, daß eine völlige Ruhestellung die einzig wirksame Gegenmaßnahme darstellte. Damit stand der Verlauf aller zukünftigen interstellaren Reisen fest.

»Ich habe eine Freundin, die einst versucht hat, dem Zeitwind zu trotzen«, sagte die Schmetterlingsfrau, »und obwohl sie ihren Traumstaub nur Minuten nach dem Überlichteintritt nahm, hat sie fast den Verstand verloren. Sie litt noch jahrelang an Alpträumen.«

Kele biß sich auf die Lippe. Das hob ihre Zuversicht enorm.

Als sie ihrer Begleiterin in das Raumschiff folgte, sah sie sich genau in der Schleuse, den Gängen und Passagierkabinen um und hielt

Ausschau nach Sicherheitsvorkehrungen. Was sie sah, gefiel ihr nicht: nirgendwo Monitorlinsen, außer in der Schleuse, nicht in den Gängen, nicht in der Kabine.

»Wie überwacht der Pilot uns?« fragte sie einen Steward mit vorgetäuschter Ängstlichkeit.

»Über in die Kabinen eingebaute Sensoren, Miß«, erwiderte der Steward. Er lächelte ihr beruhigend zu. »Keine Sorge; er wird es sofort bemerken, wenn Sie zu tief abgleiten oder zu früh erwachen und Ihren Schlafzustand mit den passenden Drogen korrigieren. Er wurde eigens dazu ausgebildet und ist befugt, Traumstaub oder die entsprechenden Gegenmittel zu verabreichen.«

Kele lächelte zurück. Innerlich empfand sie Beunruhigung. Keine Bildschirmüberwachung. Eine schlechte Nachricht. Das Fehlen solcher Sicherheitsvorkehrungen in einem Raumschiff, dessen Muttergesellschaft seit fünfhundert Jahren Passagiere und Fracht zwischen den Sternen beförderte, konnte nur bedeuten, daß sie für überflüssig gehalten wurden. Der erste erfolgreiche Diebstahl während eines Fluges hätte die Einrichtung von genug Absicherungen veranlaßt, um eine Wiederholung zu verhindern. Wirkte der sogenannte Zeitwind, die Auswirkung, die beim Überlichtflug durch die Vorwärtsbewegung im Raum und das Verharren in der Zeit zustande kam, *so* zerrüttend auf den normalen menschlichen Körper und Verstand? Kele wünschte, es gäbe eine andere Möglichkeit, den Jarabon zu stehlen.

Sie hatte jedoch keine andere Wahl, als es hier zu versuchen; es würde keine zweite Chance geben, bevor der Kurier sein Päckchen an Vermilion ablieferte. Hätte nicht ausgerechnet Sperrow sie darum gebeten, oder wäre die Herausforderung nicht gewesen – einen Diebstahl zu begehen, den noch nie zuvor jemand gewagt hatte –, sie hätte sich geweigert:

Ein weiterer Steward begrüßte die Schmetterlingsfrau und händigte ihr eine blaue Kapsel und ein kleines Glas Wein aus. Die Schmetterlingsfrau schluckte das eine sofort unter Zuhilfenahme des anderen und ließ sich dann zu ihrer Koje führen.

Der Steward befestigte das Sicherheitsnetz über ihr und wandte sich dann Kele zu. »Ein Glas Wein zu Ihrem Traumstaub, Miß?«

Kele akzeptierte den Wein, lehnte die Kapsel aber ab. »Ich habe nicht vor, diesmal zu schlafen.«

Die Schmetterlingsfrau wandte ihr schläfrig das Gesicht zu. »Aber Sie *müssen* schlafen, meine Liebe. Ich habe Ihnen doch gesagt, was mit meiner Freundin passiert ist.«

Der Steward lächelte hingegen. Mit dem Gespür eines Mannes, der schon oft vor einer solchen Situation gestanden hat, sagte er: »Im

Wachzustand werden Sie die Reise nicht genießen können. Glauben Sie mir, der Überlichtflug ist unerträglich.«

»Piloten finden das gar nicht«, sagte sie störrisch. Und lächelte innerlich, so zufrieden war sie mit ihrer Vorstellung.

»Ein Pilot ist ein einzigartiges Individuum. Nur ein Mensch von fünfhunderttausend ist überlicht-tolerant.«

Neben ihr runzelten die anderen Passagiere die Stirn und warteten ungeduldig auf die Hilfe durch den Steward. Kele versuchte, nicht zu Vermilions Kurier hinüberzusehen. Die meisten Agenten in einer Position wie der ihren oder der des Kuriers vermieden es, Aufmerksamkeit zu erregen. Das Spinnennetz verbarg jedoch ihre Gesichtszüge, selbst wenn Vermilion sie dem Kurier beschrieben haben sollte, und eine entsprechend dunkle Perücke verhüllte ihr ursprünglich mondbleiches Haar... und sie hoffte, daß sie gerade durch die Art, wie sie die Aufmerksamkeit auf sich zog, jeden Verdacht von sich ablenken würde.

Sie schüttelte den Kopf und gab eine stümperhafte Vorstellung in Arroganz. »Ich bin auch ein einzigartiger Mensch... einzigartig unter *Millionen,* habe ich mir sagen lassen.« Voller Zufriedenheit vernahm sie das ungeduldige Gemurre um sich herum und verbiß sich ein Grinsen. Sie verschränkte die Arme. »Sie können mich nicht *zwingen,* den Traumstaub zu nehmen.«

Der Steward bewahrte sein geduldiges Lächeln. »Natürlich nicht, es würde mir nicht im Traum einfallen, Sie zu zwingen, Miß, aber... das Schiff ist eigentlich nicht für Passagiere, die noch bei Bewußtsein sind, eingerichtet. Unsere einzige Aufenthaltsmöglichkeit besteht aus diesen vier Stühlen dort vorn, und nur für den Piloten führen wir Nahrungsmittel mit.«

»Ich werde fasten. Ist sowieso gut für den Geist.«

Hinter ihr fauchte ein Mann, dessen Gesicht mit Schweißnähten und Nietköpfen bemalt war, um den Eindruck von Metallplatten zu erwecken: „Nehmen Sie Ihre Kapsel und halten Sie uns nicht länger auf!«

»Ich habe einen Vorschlag«, sagte der Steward nachsichtig. »Behalten Sie Ihre Kapsel. Falls Sie es sich anders überlegen, können Sie immer noch schlafen. Der Pilot kann Ihnen in die Koje helfen.«

Sie hörte das *wenn* unter dem *falls.*

Kele gab nach. »Nun gut.« Ihre Rolle sollte nicht *zu* unvernünftig sein. Außerdem mochte sie die Möglichkeit der Traumzeit noch herbeisehnen, falls sie den Zeitwind wirklich nicht ertragen konnte. Sie ließ sich die Kapsel geben, steckte sie in eine Ärmeltasche und nahm dann in einem der tiefen Sessel vorn Platz.

Sie hoffte, daß auf dieser Reise niemand sonst den Drang verspürte, dem Zeitwind zu trotzen.

Neben ihrem Sitz vermittelte ein Bildschirm die Illusion, hinaus in den Weltraum zu sehen, vorbei am Raumhafen und hinab auf das trübe Blaubraun von Chelsea. Während Kele das Bild betrachtete, versuchte sie sich alles in Erinnerung zu rufen, was sie über den Überlichtflug und den Zeitwind gehört hatte, vor allem Berichte von Menschen, die ihm erfolgreich getrotzt hatten; aber sie konnte sich nur an alptraumhafte Berichte über gescheiterte Versuche erinnern. Die Piloten schienen niemals Artikel über ihre Arbeit veröffentlicht zu haben; aber Piloten hatten mit gewöhnlichen Menschen ja auch nur wenig gemein. Sie sprachen nicht einmal mit ihnen. Zwei, die sie im Raumhafen von Chelsea gesehen hatte, waren an ihr vorbeigeschossen, ohne sie zu beachten, übernervös, quecksilbrig, und hatten sich in schnellen Sätzen unterhalten, die aufeinander auftürmten und dann mitten in einem Gedankengang das Thema wechselten.

Die Stewards befestigten das letzte Sicherheitsnetz – alle anderen hatten gehorsam ihren Traumstaub genommen – und verließen dann mit einem Blick auf Kele und einem Kopfschütteln die Passagierkabine. Kurz darauf fühlte sie, wie eine Vibration durch das Schiff lief; die Außenschleuse wurde hinter ihnen geschlossen. Der Raumhafen auf dem Bildschirm verlor sich in herumwirbelnden Sternen.

Kele umklammerte nervös die Lehnen ihres Sessels. Jede Minute nun würde das Schiff in den Gravitationssog von Chelseas Sonne eintauchen. Den Schwung ausnutzend, den es dabei erhielt, würde es um die Sonne herum auf Nordfeuer zuschießen, und dann würde der Pilot Gallipeaus Antrieb einschalten und das Schiff in den Überlichtflug stürzen lassen. Dann... dann würde Kele am eigenen Leib erfahren, ob der Zeitwind seine Killer-Reputation auch wirklich verdient hatte.

Die bronzefarbene Sonne füllte den Bildschirm aus und schoß auf sei zu. Sie schluckte. Sie hatte gehört, daß die Raumschiffe der Sonne sehr nahe kamen, aber... *so* nahe? Schweiß benetzte ihre Stirn und Oberlippe und tröpfelte in dünnen Rinnsalen an ihren Unterarmen herab. Sie sah nur noch blendendes Licht und lodernde Flammen. Sonnenflecke, groß wie unermeßliche Hexenkessel, schienen zum Greifen nah.

Das Spiel des hellen und helleren Lichts wischte noch schneller vorbei. Plötzlich verschwand es und wurde von feuergefleckter Dunkelheit ersetzt. Doch auch die hatte nicht lange Bestand; die Sterne dehnten sich von bloßen Punkten über Ovale zu dahinfließenden Regenbögen, oben blau und am Bildschirmrand rot. Dann verschwanden die roten Fäden, und die blauen Streifen lösten sich in schwarzes Nichts auf... und heulend schlug der Zeitwind zu.

Ihr Verstand belegte ihn mit dem wissenschaftlichen Begriff, kontra-chronischer Druck, doch sie erfuhr ihn als Wind. Er klang wie Wind, ein dumpfes Tosen in ihren Ohren, eine Symphonie der verlangsamten Geräusche ihres Herzens, der Lungen und des Schiffes um sie herum; und er fühlte sich wie Wind an, stieß sie vor und zurück und zerrte an ihr, drückte sie tief in den Sessel, so daß sie sich nur noch wie durch kalten, verdickten Sirup bewegen konnte. Schlimmer noch, er hämmerte auch auf ihren Verstand ein und drängte selbst ihre Gedanken zurück. Das Denken fiel ihr so schwer, als müßte sie gegen eine gewaltige Schwerkraft ankämpfen oder eine große Last auf einer reibungsfreien Ebene einen Hügel hinaufschieben. Ihr Verstand kämpfte, strengte sich bis zum Äußersten an, bildete einen jeden Gedanken jedoch nur quälend langsam. Auf einer tiefen, unterbewußten Ebene, wo sie nicht denken mußte, zählte Kele die Zeit – Sekunden, Minuten, Stunden – und begriff mit entsetztem Erstaunen, welche Zeitspanne es benötigte, um angesichts des Zeitwindes einen Gedanken zu fassen.

Und das zwei Tage lang? dachte sie schreckerfüllt.

Vom Schiff und von der restlichen Galaxis aus gesehen würden es nur zwei Tage sein – zwei Tage länger, als sie auf diese Art verbringen wollte –, und während dieser Zeitspanne würde es ihr vielleicht gelingen, sich durch die Bewegungen von zwei Tagen zu schleppen und das Gedankenpensum eines Tages zusammenzubringen, doch irgendwo tief in ihr würde eine Uhr die tatsächliche Zeit zählen, die sie damit verbrachte, gegen den Zeitwind auf der Stelle zu treten, jeden endlosen Moment dieser Monate und Jahre.

Sie kämpfte dagegen an, nach der blauen Kapsel zu greifen. Wie konnte sie es überhaupt lange genug aushalten, um nach dem Kurier zu suchen? Sie hatte den Eindruck, ihr Verstand sei zu winzigen Fetzen zerrissen worden. Würde sie überhaupt arbeiten können? Wie hielten die Piloten diese Hölle nur aus? Es mußte irgendeinen Trick geben... Sicher, einige Menschen dachten und reagierten schneller als andere, doch sie hatte sich immer zu diesen schnelleren Individuen gezählt, und nun saß sie hier praktisch hilflos in diesem Sessel.

Kele schloß die Hände um die Lehnen und zwang sich, während ihre innere Uhr die Stunden zählte, in eine aufrechte Position. Wie auch immer die Piloten es schafften, sie konnte es nicht. Sie mußte es, so gut es ging, auf diese Art versuchen. Sie versuchte nicht, diesen Gedanken zu denken; sie sah ihn einfach ein.

Sie hatte sich die Lage der Koje gemerkt, in der der Kurier schlief.

Gegen den Druck auf Körper und Verstand ankämpfend, schleppte sie sich an den Kojen vorbei, ihm entgegen. Der Zeitwind heulte und dröhnte in ihren Ohren, vibrierte mit sie in den Wahnsinn treibenden Baßfrequenzen durch Zähne und Knochen. Der Wein in ihrem Magen wallte bedrohlich auf.

Während Kele an den Verschlüssen des Sicherheitsnetzes zerrte, entdeckte sie voller Bestürzung, daß das Öffnen drei Schritte erforderte, die durchdacht werden mußten, bevor sie sie in der richtigen Reihenfolge durchführen konnte. Selbst der Versuch, zu denken und zu handeln, wenn die Wortverbindungen in ihrem Verstand sich schneller aufzulösen schienen, als sie sie formulieren konnte, gab ihr neuen Mut. Eine derart komplizierte Sicherheitsvorkehrung konnte nur bedeuten, daß ihr wenigstens ein erfolgreicher oder beinahe erfolgreicher Riffer vorausgegangen war.

Die Verschlüsse lösten sich nach intensiver Konzentration, und während die Zeit vertickte – *schnell, Kele, schnell; du brauchst ja Wochen!* – trieb sie ihren trägen Körper zu einer erschöpfenden Durchsuchung des Schlafenden an. Normalerweise hätte ihr Blut vor Anspannung gerast, sie auf einen Gipfel der geistigen Beweglichkeit gehoben, ihren Körper in ein blitzschnell und präzise reagierendes Instrument verwandelt. Diesmal pulsierte ihr Blut jedoch nur zäh. Sie konnte sich kaum bewegen, beschweige denn denken.

Mühselig fügte sie einen Gedanken an den anderen. Es war, als wolle sie in einer frischen Brise ein Federmosaik errichten. Wäre sie der Kurier gewesen, hätte sie den Jarabon sorgfältig versteckt, um selbst das geringe Risiko zu vermeiden, ihn während der angeblichen Sicherheit des Fluges zu verlieren. Aber das Nachsinnen, was er für ein gutes Versteck halten könnte, erschöpfte sie. Sie arbeitete sich durch seine Kleidung und rollte ihn auf die Seite, um auch seinen Rücken zu überprüfen. Seine Taschen enthielten eine Vielzahl von Gegenständen, aber keiner davon war der Jarabon oder eine Schachtel, die das Juwel enthalten könnte.

Schneller, Kele.

Warum hatte sie sich nur von Sperrow dazu überreden lassen? Sie hätte es ablehnen, ihre Niederlage eingestehen sollen. Im Augenblick wollte sie nur noch ihr ganzes Gewerbe aufgeben und sich einen anderen Job suchen. Doch schon als der Gedanke um sein Zustandekommen focht, gab sie ihn wieder auf. Sie hatte sich an ihren Lebensstil gewöhnt. Sie hatte Angst davor, dieses Leben aufzugeben, oder vielleicht fürchtete sie auch nur, daß sie dann in die hoffnungslosen Gossen zurückkehren mußte, die sie immer noch in Alpträumen verfolgten. Und was sie war und besaß, verdankte sie Sperrow.

Sie versuchte nachzudenken: War der Jarabon so klein, daß er ihn verschluckt haben konnte? Sie hoffte, daß er nicht diesen sichersten aller möglichen Aufbewahrungsorte gewählt hatte; ihn aufzuschlitzen entsprach nicht ihrem Stil.

Die Kabinentür zischte und glitt auf.

Wäre Kele teleportiert, sie hätte sich nicht schneller bewegen können. Sie schlug das Sicherheitsnetz zu und sprang von der Koje zurück. Als sich die Tür endgültig geöffnet hatte, stand sie, mit wild pochendem Herz, zwei Kojen hinter jener, in der der Kurier schlief, und hielt sich an deren Brüstung fest.

Erstaunt stellte sie sich die Frage, wie, bei den Hundert Welten, es ihr gelungen war...

Aber der Gedanke verblich unbeendet, als sie den galaktischen Prunk erblickte, der in die Kabine schwebte. Ein nackter Mann trug ihn – sicherlich der Pilot –, einen strahlenden Prunk aus Gold, Silver und Synjuwelen, die zusammengefaßt zu Galaxien, Sternhaufen und Konstellationen funkelten... das Universum, ausgemalt und -geklebt auf Haut von der Farbe polierten Kupfers. Die Füße des Mannes steckten in flüsterleisen Raumschiff-Slippern.

»Raven Windust, Pilot.« Er sprach abgehackt, lächelte jedoch. »Sie ins Bett stecken?«

Bei den Sonnen, sie wünschte, sie könnte es zulassen. Kele fühlte sich erschöpft genug, um auch ohne die Hilfe einer Droge zwei Tage zu schlafen. Aber sie hob das Kinn, wie es die verzogene, starrköpfige Nidra Saar-*Persona* tun würde; unwillig, eine schlechte Entscheidung einzugestehen. »Nein. Es gefällt mir, die Sterne zu beobachten und dem Zeitwind zu lauschen.«

Sie atmete tief ein und lachte unbehaglich auf. Der Sog des Zeitwindes hatte ihre Stimme in ein tiefes, rauhes Nuscheln verwandelt, bei dem sich die Worte unendlich in die Länge zogen.

Wenn Windust ihre Stimme als lächerlichen Kontrast zu ihrer zierlichen Gestalt empfand, zeigte er es zumindest nicht. Der Pilot schritt durch die Kabine und nahm sie am Arm. »Kommen Sie.«

Sie wich zurück. »Wohin?«

»Kontrollraum. Dort bessere Aussicht auf die Sterne.«

»Oh, ich fühle mich hier ganz gut.« *Verschwinde, Pilot! Ich habe keine Zeit für ein geselliges Zusammensein!*

»Auch bequemer, und Essen; ich teile meine Ration mit Ihnen.«

»Ich bin nicht hungrig.«

Seine Augen weiteten sich. »Sie wollen nicht kommen? Ich bitte Weit-Augen normalerweise nicht nach vorn.«

Eine Frau wie Nidra würde von der Einladung geschmeichelt sein.

Kele ging mit ihm und fragte sich, wie sie ihn loswerden konnte. Wenn sie ihn verärgerte, würde er sie vielleicht zurück in die Passagierkabine verbannen.

Sie stürzte sich in einen hoffentlich langweiligen Monolog, plapperte überschwenglich von der »Romantik«, dem Zeitwind zu trotzen, von der Pracht, mit der sich die Sterne in blaue Lichtstreifen verwandelten – »... wie das Feuerwerk beim Winterfest auf Frost, meinen Sie nicht auch?« – und vom Grollen des Zeitwindes. »Mit einiger Phantasie kann man sich die Untertöne als Musik vorstellen. Es ist so exotisch. Ich kann es kaum erwarten, auf Nordfeuer einzutreffen und meinen Freunden davon zu berichten.«

Seltsamerweise spürte sie, daß sie mit beinahe normaler Geschwindigkeit sprechen konnte, wenn sie wollte, ließ ihre Stimme aber weiterhin gedehnt klingen. Schon las sie aus Windusts Kopf- und Schulterhaltung Ungeduld, aber statt sie zu bitten, in die Kabine zurückzukehren, hörte er ihr einfach nicht mehr zu. Sobald sie den Kontrollraum mit den Bildschirmen und Instrumenten – und der Tür, die zum Schlafraum des Piloten führte – erreicht hatten, vertiefte er sich in die Überprüfung der Kontrollanzeiger.

Kele verstummte. Sie ließ sich in die umhüllende Weichheit eines Sessels in seinem Quartier fallen und beobachtete durch die offene Tür die funkelnden Sterne auf seinen Hinterbacken. »Gefällt Ihnen das *wirklich*?« rief sie ihm schließlich zu.

Er drehte sich um. »Ich liebe es; es ist das Leben. Andocken ist Sterben, und der Hafen nur Warten.«

»Aber wie können Sie...«

Doch er hatte sich schon wieder abgewandt. Sie führte den Gedanken stumm zu Ende, während ihre innere Uhr die Echtzeit-Stunden zählte, die nötig waren, ihn zu denken: Wie konnte er diesen unaufhörlichen Druck und Lärm lieben? Natürlich, er konnte sich trotz des Zeitwindes mit normaler Geschwindigkeit bewegen und offenbar auch denken. Wäre sie doch auch nur dazu imstande! Dann könnte sie vielleicht zu Ende bringen, was sie vollbracht haben mußte, bevor die *Märzlicht* am Raumhafen von Nordfeuer andockte.

Sie hatte sich ebenfalls normal bewegt, aber nur einen Augenblick lang, als er sie fast in der Kabine erwischt hatte. Sie hätte auch mit normaler Schnelligkeit sprechen können. Wie kam dieser Unterschied zustande?

Der Verstand, erkannte sie nach einigen Überlegungen. Als sie sprach, hatte sie nicht nachgedacht, nur einfach darauflos geplappert, und ihr Satz in der Kabine war eine reine Reflexhandlung gewesen. Der Engpaß schien im Denken zu liegen. Löse dich vom Verstand, und der animalische Körper reagiert mit gewohnter Schnelligkeit. Nun ja, dachte sie sarkastisch, wenn man das Denken einfach abstellen konnte...

Einen Augenblick später drückte sie die Finger gegen ihre Schläfen und verfluchte insgeheim Sidakar Vermilion, Emile Gallipeau, den Kurier und selbst Belas Sperrow. Sie mußte zurück in die Kabine... mußte den Jarabon finden, bevor sie verrückt wurde. Herr im Himmel, wie sehr ersehnte sie diese Kapsel in ihrer Ärmeltasche. Bald, versprach sie ihrem schmerzenden Körper und Geist; sie würde die Kapsel nehmen, sobald sie den Jarabon hatte.

Windust kam in den Wohnraum und stöberte in einem Schrank und einem Kühlschrank. Er beäugte sie mit einem Ausdruck, den Kele als Verwirrung deutete. »Etwas zu essen?«

Sie schluckte. »Nein danke.« Ihr Magen hatte schon genug mit dem Wein zu tun, den sie getrunken hatte. Der Gedanke, unterbewußt wahrgenommene Stunden oder Tage unter Aufstoßen leiden zu müssen, vergrößerte ihre Übelkeit nur noch. »Ich könnte nichts essen.«

Er lächelte mitfühlend. »Ich verstehe. Dann schlafen?«

Sie setzte sich auf. »Ich sagte doch schon, das ist das aufregendste Erlebnis in meinem ganzen Leben. Ich will keine Minute davon versäumen.«

»Die Sterne im Überlicht sehen?«

»Ja.«

»Dem Zeitwind lauschen?«

Etwas in seinem Tonfall ließ ein argwöhnisches Schaudern über ihren Rücken kriechen. Was hatte er vor? »Auch das.«

Seine Augen musterten sie unverwandt. »Den Passagier in 38-D belästigen?«

Jede einzelne ihrer Zellen erstarrte, beobachtete ihn... wartete. Sie kam sich vor wie das kleine wilde Geschöpf, das sie eines Abends auf dem Rasen von Sperrows Landsitz gesehen hatte, wie eingefroren im Licht ihrer Taschenlampe. Hatte sein Herz gegen die Rippen gehämmert, wie es bei ihr nun der Fall war?

Seine Sternkonstellationen schossen eisige Lichtstrahlen ab. »Sensoren verrieten mir, er bewegte sich, ohne daß Lebenszeichen Erwachen andeuten. Jemand bewegte ihn also. Sie. Warum?«

In über zehn Jahren der Industriespionage für Sperrow war sie noch nie zuvor ertappt worden. Sie würde *jetzt* ertappt werden... jetzt, da jeder Versuch, sich zu überlegen, was sie sagen sollte, von dem höllischen Wirbelsturm des Zeitwindes davongeweht wurde.

Doch als sie zu Windust aufblickte, sah sie seinen Gesichtsausdruck... nicht wütend, nicht anklagend. Eher betrachtete er sie mit dieser vorausgegangenen Verwirrung. Er verdächtigte sie nicht des Diebstahls, begriff sie mit einem Gedankenblitz; er erwartete, oder erhoffte vielleicht sogar, eine vernünftige Erklärung. Ihre nach außen getragene Maske schützte sie noch immer!

Sie gab den Versuch auf, nachzudenken, und ließ ihre Reflexe übernehmen. »Ich wollte etwas zurückholen, das er meinem Vater gestohlen hat.«

Er runzelte die Stirn, sagte aber nichts.

Glaubte er ihr? »Wir haben seit Generationen einen cornusopischen Jarabon in unserer Familie. Gestern abend erlaubte mein Vater mir, ihn zu tragen. Ich lernte einen Mann kennen und ging mit ihm nach Hause. Als ich aufwachte, waren er und der Jarabon verschwunden. Ich fand jedoch heraus, daß er für einen Mann namens Sidakar Vermilion arbeitet, einen geschäftlichen Konkurrenten meines Vaters. Ich glaube, er stahl den Jarabon in Vermilions Auftrag und bringt ihn nun zu ihm. Ich muß ihn zurückhaben, bevor mein Vater herausfindet, was passiert ist.«

Während sie sprach, beobachtete sie Windust. Sein Gesichtsausdruck verriet ihr, daß er ihr glaubte; doch statt Zufriedenheit zu empfinden, bedauerte sie die Notwendigkeit der Lüge... und wunderte sich über ihre Reaktion.

»Warum nicht gemeldet?« fragte Windust.

»Melden? Den Gesetzeshütern, meinen Sie?« Sie mußte ihre Überraschung nicht vortäuschen; sie färbte ihre Stimme von allein. »Wir melden solche Vorfälle nicht. Es handelt sich nicht wirklich um einen Diebstahl; Männer wie Vermilion und mein Vater spielen einander solche Streiche. Vermilion wird den Jarabon wahrscheinlich sowieso zurückgeben.«

Windust starrte sie an. »Warum denn das Kopfzerbrechen darüber?«

»Weil...« Sie seufzte. Was hatte er an sich, das sie dazu veranlaßte, die Wahrheit sagen und an sein Verständnis appellieren zu wollen? »In diesem Spiel verliert mein Vater das Gesicht, wenn Vermilion sich in den Besitz des Jarabon setzen kann, selbst, wenn er ihn später wieder zurückgibt.« Irgendwie kommt er mir vertraut vor, erkannte Kele schließlich und kämpfte mit dem Gedanken; als würden wir uns schon jahrelang kennen. Wie seltsam. »Ich kann doch nicht zulassen, daß er das Gesicht verliert, oder? Nicht mein Vater.«

Windusts Sternenkonstellationen strahlten, als er verwundert den Kopf schüttelte. »Das muß er nicht; Sicherheitsdienst auf Raumhafen Nordfeuer kann den Mann durchsuchen und Jarabon beschlagnahmen, bevor er zu diesem Vermilion gelangt.«

»Aber das ist eine *offizielle* Stelle«, protestierte Kele. »Das wäre geschummelt.« Sehr wahr, aber selbst wenn nicht, würde sie es nicht wagen, sich offiziellen Behörden auszuliefern. Jede Durchleuchtung ihrer Vergangenheit würde sich mit Sicherheit als peinlich erweisen und vielleicht sogar ihre Freiheit gefährden. »Wenn ich den Jarabon selbst zurückhole, verliert *Vermilion* das Gesicht. Bitte, begleiten Sie mich in die Kabine und beobachten Sie mich, wenn ich den Mann durchsuche. Sie können sich versichern, daß ich nur den Jarabon nehme.«

Doch nun bedachte Windust sie mit einem zweifelnden Blick. »Ich habe nur Ihr Wort, daß er Ihnen gehört; der Sicherheitsdienst wird nachforschen.«

Kälte tröpfelte ihr Rückgrat hinab. »Dann ist das eine Art Festnahme?«

Er zuckte die Achseln, und das Licht der aufgemalten Sterne zersplitterte tausendfach. »Sie können den restlichen Flug hier als Gast verbringen, oder ich schieße Sie mit Traumstaub voll.«

Verdrossen biß sie sich auf die Lippe. Nach all den erfolgreichen Operationen, die sie für Sperrow durchgeführt hatte, all den von Profis ausgetüftelten Fallen, denen sie entgangen war, fiel sie nun einem nackten Piloten zum Opfer. Ihre Erniedrigung wurde noch durch seine Bereitschaft vergrößert, sie trotz seines Verdachts bei Bewußtsein zu belassen und nicht einzusperren, ein beredter Ausdruck seiner Überzeugung, wie hilflos sie angesichts des Zeitwindes war. Dieser verdammte Zeitwind!

Als sie sich die Schläfen rieb, berührte sie die Synjuwelen auf ihrem Gesicht und entsann sich des dort aufgemalten Musters. Ihre Hände senkten sich wieder, und die Hoffnung hob sich. *Geduld. Kele. Spiele die Spinne. Ergib dich und warte auf eine Gelegenheit, an den Kurier heranzukommen.*

Sie blickte zu Windust auf. »Betrachten Sie mich als Ihren Gast.«

Windust kehrte in den Kontrollraum zurück. Um sich von dem unbarmherzigen Ticken des Chronometers und dem Gedanken, dem Sicherheitsdienst übergeben zu werden, abzulenken, drückte sie sich aus dem Sessel und lehnte sich gegen die Türschwelle, um dem Piloten bei der Arbeit zuzusehen. Nach einer Weile stellte sie fest, daß sie diesen angenehmen Zeitvertreib tatsächlich genoß. Windust hatte die robusten Muskelpakete eines Athleten – eine Folge seines unentwegten Ankämpfens gegen den Zeitwind? – und bewegte sich mit der dahingleitenden Geschmeidigkeit eines Tänzers, die seine aufgemalten und aufgeklebten Sternenfelder erglühen ließ. Der Eindruck der

Vertrautheit wurde stärker denn je zuvor.

»Warum sind Sie Pilot?« fragte sie. »Sind Sie nicht einsam?«

»Allein«, erwiderte er. Ein schwarzer Sternennebel schimmerte auf einer sich hebenden Schulter. »Ein bedeutender Unterschied. Ich mag das Alleinsein.«

Deshalb kam er ihr so vertraut vor; er erinnerte sie an Sperrow, und an sie selbst. Sie alle mochten die Abgeschiedenheit, und Windust zeigte die gleiche Aura von Unabhängigkeit, die auch sie aufwies, so, als lebten sie innerhalb von geschlossenen Systemen und benötigten praktisch nichts aus der Außenwelt.

»Das gefällt Ihnen so am Überlicht?«

Er drehte sich mit zersplitternden Lichtregenbogen um. »Der Zeitwind singt denen, die zuhören können, alle Lieder... trägt einen... isoliert. Ohne ihn gäbe es nur den Abgrund und einen endlosen Fall.«

Sie stellte sich die beiden Piloten vor, die sie auf dem Raumhafen von Chelsea gesehen hatte; sie hatten wie Quecksilber gesprochen und sich auch so bewegt. Ein anderes Bild folgte, sie an ihrer Stelle, ohne daß sie den gewohnten Druck spürte, keine Erleichterung, sondern ein Vakuum, durch das Körper und Gedanken kopflos und unkontrolliert stürzten. Sie erschauerte. »Nennen Sie das Andocken deshalb einen Tod?«

Sterne blitzten auf. Er sah sie überrascht an. »Sie verstehen?«

Sie empfand selbst Überraschung, aber nicht, weil sie verstand. Jetzt erst fiel ihr auf, daß die letzten Gedanken schnell gekommen waren, wie Gedanken kommen sollten, ohne Anstrengung. Sie versuchte sie zurückzuholen, herauszufinden, inwiefern sie sich von den vorherigen Gedanken unterschieden. Bilder... das war es; es waren Bilder und keine Worte gewesen. War das Windusts Trick?

»Denken Sie in Bildern statt in Worten?« fragte sie aufgeregt.

In seinen Augen blitzte es auf. Er nickte. »Ja. Bilder und Begriffe. Schneller als Worte. Sie verstehen *wirklich*.« Er hielt inne. »Denken *Sie* in Bildern oder Worten?«

Sie hörte die Erregung in seiner Stimme und wunderte sich darüber. Warum er? »In beiden, aber hauptsächlich in Worten.«

Das Blitzen in seinen Augen nahm eine weißglühende Intensität an. »Vergessen Sie die Worte; konzentrieren Sie sich nur auf Bilder.«

Sie kniff die Augen halb zu. »Was?«

Schmetterndes Licht strahlte von ihm aus, als er durch den Kontrollraum wirbelte, um sie an den Händen zu ergreifen. »Bilder«, sagte er eindringlich. »Verwandeln Sie Ihren Verstand in einen

Bildschirm und sehen Sie die Handlungen; aber *fühlen* Sie einfach nur den Klang. Üben Sie.«

Der Zeitwind zerrte an ihrem Verstand, riß ihre Gedanken in Fetzen, während sie zu verstehen versuchte, was er von ihr verlangte. »Warum...«

Er unterbrach sie. »Einer von einer halben Million ist tolerant; noch weniger können die Einsamkeit ertragen. Es gibt nie genug Piloten. Wir brauchen sie.«

Sie hielt den Atem an, als sie begriff, was er dachte. Er sah sie als eine der seinen an, als eine seiner Sippe. Er wollte sie rekrutieren. Erregung stieg in ihr empor. In einer betörenden Vision sah sie sich am Ruder eines Raumschiffes stehen, während die Sterne um sie herum vom Blau ins Nichts verschwammen und der Zeitwind sang. »Glauben Sie wirklich, ich könnte eine Pilotin sein?«

»Mal sehen; denken Sie in Bildern.«

Zwischen den Instrumentenüberprüfungen arbeitete er mit ihr. Zuerst fiel es ihr schwer, in Bildern und Begriffen zu denken, doch sobald sie erst einmal damit angefangen hatte, ging es leichter. Wie ein Fluß, der ein Bett ins Gelände schneidet, floß ihr Verstand den Weg des geringsten Widerstands und eignete sich die schnellste, schmerzloseste Denkmethode an.

Windust grinste anerkennend. »Eine Tolerante, und lernfähig. Meinen Glückwunsch.«

Indem er sie an den Händen faßte, zog er sie in seine Arme und tanzte mit ihr durch den Kontrollraum. Kele folgte ihm triumphierend. Jetzt, wo die funktionelle Zeit ihres Verstandes reduziert war, konnte sie sich so schnell bewegen, wie sie es wünschte. Die niederdrückende Last des Zeitwindes verschwand. Sie bewegten sich im Rhythmus des Zeitwindes und tanzten so leicht wie Distelwolle in einer frischen Sommerbrise. Bilder reihten sich spielerisch leicht in Keles Verstand aneinander, erbebten ein wenig in dem Sturm, der an ihnen zerrte, lösten sich aber nicht auf, bis sie von den nachfolgenden ersetzt wurden. Sie schwelgte in einer traumhaften Woge des Entzükkens.

»Es ist überhaupt nicht schwer«, sagte sie voller Wonne. »Warum kann das nicht jeder?«

Windust zuckte die Achseln. »Weiß nicht; vielleicht eine ganze Reihe von Gründen, damit angefangen, daß man nicht bereit ist, lange genug zu lernen. Aber du hast gelernt.« Und er küßte sie.

Kele wurde sich plötzlich der Wärme seiner nackten Haut unter ihren Händen bewußt und spürte, daß sie allmählich durch den Stoff ihrer Kleidung drang. Sie zögerte nur einen Augenblick, dann erwiderte sie den Kuß. Schließlich, dachte sie, war keiner von ihnen *völlig* unabhängig. Dann und wann mußten sie sich von ihrer selbsterwählten Einsamkeit lösen.

Sie entdeckte einen interessanten Aspekt des Bumsens bei Überlicht. Wenn man die Zeit auf der unterbewußten Ebene maß, hielten die Gipfel der Gefühle und Wahrnehmungen jedesmal tagelang an.

Danach döste Windust vor sich hin, doch Kele konnte nicht schlafen. Ihr Verstand raste, baute Bilder: Kele Sperrow am Steuer eines Raumschiffs... die gleiche Erregung und Befriedigung empfindend, die ihr sonst nur der beste Diebstahl gebracht hatte... Kele, einst namenlos, einst heimatlos, ein Gossenkind von Windwärts, doch nun in der Gesellschaft einer ausgewählten, unbezahlbaren Elite... menschliche Jarabons.

Doch an dieser Stelle erstarrten und verschwanden die Bilder. Jarabon. Sie seufzte und rollte sich von Windusts Wärme fort. Wie dumm war sie doch, sich von der Vorstellung davontragen zu lassen, die der Pilot von ihr hatte. Vielleicht besaß sie die Befähigung zur Pilotin, doch sie war nicht frei, konnte nicht tun und lassen, was ihr beliebte; sie schuldete Sperrow zuviel. Und Sperrow wollte, daß sie ihm den Jarabon brachte.

Sie zog sich leise und voller Schuldgefühle an – Windust schlief so vertrauensvoll und schien offenbar seinen Argwohn über die Freude, auf eine neue Tolerante gestoßen zu sein, vergessen zu haben – und schlüpfte aus dem Kontrollraum zurück in die Passagierkabine. Das Sicherheitsnetz löste sie nun ohne jede Schwierigkeit. Der Zeitwind störte sie nicht mehr als eine laue Brise. Ihr Körper gehorchte allerdings noch immer nicht so schnell und problemlos wie bei anderen Diebstählen. Sie empfand keine Erregung, als sie den Kurier erneut zu durchsuchen begann. Der Spaß war verschwunden, erkannte sie. Nur ein Pflichtgefühl war geblieben.

Ein Bild der Monitorsektion des Kontrollpultes in ihrem Geist warnte sie, und sie bewegte ihn nur im Minutenabstand, nur so schwach, daß die Drucksensoren keinen Alarm schlagen würden.

Sie achtete auch ständig auf das Zischen, mit dem sich die Tür öffnete, und betete, daß Windust nicht aufwachte. Sie wollte nicht nur, daß er sie nicht ertappte, sie wollte auch nicht von *ihm* ertappt werden. Zu eng verwandt fühlte sie sich mit ihm. Sie sah in ihm, was unter anderen Umständen vielleicht aus ihr geworden wäre. Vielleicht wäre er sogar ihr Freund geworden.

Zorn rührte sich in ihr, Abscheu vor der Schuld, die sie auf sich lud. Sie hatte diese Regungen gelegentlich schon früher empfunden, jedoch noch niemals so stark. Sie plagten sie, während Bilder durch ihren Verstand glitten und sie sich überlegte, wo sie den Jarabon versteckt würde. Dann fiel ihr Blick auf den Sattel. Was, wenn er das Juwel an einer Stelle versteckt hatte, die allen Blicken preisgegeben war? Was, wenn eins dieser Synjuwelen eine Hülle war, in der der Jarabon versteckt war?

Sie griff nach dem Sattel.

Die Augen des Kuriers öffneten sich.

Kele erstarrte, eine Hand auf dem Sattel liegend. Die beiden stierten einander ewigwährende Stunden an, dann griffen die Hände des Kuriers urplötzlich, wie Schlangen, nach ihrer Kehle.

Kele machte einen Satz zurück. Wie konnte er sich so schnell bewegen? War er auch ein Toleranter? Dann begriff sie, daß er sich so verhielt, wie sie sich verhalten hatte, als Windust sie überrascht hatte, und rein instinktmäßig reagierte. Er erkannte eine Bedrohung für den Jarabon und reagierte mit einer Verteidigung.

Sie sprang, aber nicht weit genug, nicht schnell genug. Seine Reichweite war groß, und er rollte sich herum, folgte ihr. Seine Finger schlossen sich um ihre Kehle. Er fiel aus der Koje und riß sie mit sich zu Boden.

Als ihre Lungen nach Luft gierten und ihr Blickfeld verschwamm, verfluchte Kele sich zutiefst. Sie hatte eine wichtige Regel gebrochen; sie hatte sich entspannt und war zu zuversichtlich geworden. Sie wußte, daß manche Menschen während des Fluges erwachten; der Steward hatte es ihr beim Betreten des Raumschiffes gesagt. Es war nicht ausgeschlossen, daß der Kurier in seiner Besorgnis um das, was er bei sich trug, zu diesen wenigen Ausnahmen gehören mochte, doch sie hatte diese Möglichkeit nicht berücksichtigt. Sperrow würde nicht nur den Jarabon verlieren, sondern auch die Dienste der besten Diebin der Hundert Welten.

Sie kämpfte gegen die Panik an; sie konnte sich keine Panik leisten. Sie würde sie töten, noch bevor sie an Sauerstoffmangel starb. Vom Gewicht des Kuriers, dessen Finger sich immer tiefer in ihren Hals gruben und ihr die Luftröhre zudrückten, geradezu festgenagelt, wand sie sich, während ihr Bewußtsein schwand, kratzte und kämpfte, um sich Freiraum zu verschaffen.

Um die Panik zu bekämpfen, erzeugte sie Wut, rasenden, auf den Kurier gerichteten Zorn. Sie würde sich von ihm nicht umbringen lassen! Zum Teufel mit ihm! Zum Teufel auch mit Sperrow, der sie in diese Situation gebracht hatte! Die Vernunft sagte ihr, daß er nicht gewußt haben konnte, daß so etwas geschehen würde, aber sie hörte nicht auf die Vernunft. Sie wagte es nicht; sie brauchte ihren Zorn. Kele erfaßte diese Regung und richtete sich an ihr auf. Sperrow hatte sie mit einem schleimigen Lächeln in dieses Spiel geschickt. Kümmerte es ihn überhaupt, was mit ihr geschah? Würde er etwas darum geben, wenn er sie verlor? Wahrscheinlich nicht; er konnte jederzeit einen anderen Dieb anheuern.

Plötzlich, während ihr das Bewußtsein entglitt, erkannte sie, daß sie mit dieser Überlegung recht hatte. Die Figuren zählten nicht, nur das Spiel an sich. Und mit dieser Erkenntnis kam *wirkliche* Wut, berserkerhafter Zorn. Sie verdankte ihm viel, sie schuldete ihm viel, aber vielleicht nicht *alles*... bei Gott, nicht ihr *Leben*!

Sie befreite einen Arm. Ihr Finger fuhr wie ein Dolch in das Auge des Kuriers. Als er schreiend zurückfuhr, löste sich sein Griff. Sie kroch unter ihm fort. Luft strömte in ihre Lungen. Würgend und hustend kämpfte Kele sich auf die Füße und trat ihm hart gegen das Kinn.

Die Tür zischte auf. Sternenfelder in einem kupfernen Himmel schwärmten in die Kabine. Windust hielt eine Druckspritze in der Hand. »Der Sensorenalarm ging los und warnte mich, daß ein Passagier zu sich gekommen sei.«

Kele keuchte auf. Sie rieb sich die Kehle. »Ich habe ihn wieder schlafen gelegt«, sagte sie mit heiserer Stimme. Sie atmete tief durch. Die Luft brannte auf ihrem Weg die Kehle hinab, erreichte aber ungehindert die Lungen. Sie atmete noch einmal, nur um sich das Vergnügen in Erinnerung zurückzurufen, das das Luftholen bereitete, und lehnte sich mit zitternden Knien gegen die Brüstung einer Koje.

Windust sah mit schmalen Augen von ihrer Kehle zu dem auf dem Boden ausgestreckt liegenden Kurier. Seine Sternenfelder schimmerten eisig. »Ein Spiel, sagst du?«

Der Zeitwind toste in ihren Ohren. »Ja, ein Spiel.« Sie schluckte versuchsweise. Es tat weh. »Aber man kann daran sterben.«

»Das steht in den Regeln?«

Der Abscheu in seiner Stimme traf. Sie schaute auf. »Es war niemals *mein* Spiel«, sagte sie schnell, zur Verteidigung. »Ich würde es gern aufgeben.«

Er runzelte die Stirn. »Warum hast du es nicht aufgegeben?«

Sie seufzte. »Weil...« Ja, warum nicht? Sie erinnerte sich an den Gedanken, daß sie Sperrow nicht ihr Leben schuldete. Nun, während sie sich den Hals massierte, kam ihr in den Sinn, daß diese Quetschungen sie eigentlich zu einer gewissen Aufrechnung berechtigten. Konnten sie einen Teil ihrer Schuld ausgleichen, vielleicht sogar ihre gesamte Schuld, so nahe, wie sie dem Tod gekommen war? Was, wenn sie Sperrow dies sagte? Was würde dann mit ihr geschehen? Sie biß sich auf die Lippe und dachte an Windwärts' hoffnungslose Straßen.

»Glaubst du noch immer, daß man mich als Kandidatin für einen Pilotenposten akzeptieren wird?«

Er musterte sie. »Wir brauchen Piloten. Bei der Ausbildung wird sich zeigen, was du daraus machst. Außerdem... es gibt nur einen Verdächtigen, wenn während eines Raumflugs etwas verschwindet.« Er hielt inne. »Du müßtest ihnen jedoch deinen wirklichen Namen nennen.«

Kalt und heiß zugleich durchflutete sie ihr Schuldgefühl. Also hatte er viel stärker an ihr gezweifelt, als sie vermutet hatte. Und dennoch hatte er ihr, nachdem er sie als Tolerante erkannt hatte, keinen Traumstaub verabreicht? »Sind Piloten *so* wichtig?« fragte sie.

»So selten«, erwiderte er.

Sie holte tief Luft und schmeckte durch den Schmerz, den sie bereitete, Freiheit. »Mein Name ist Kele Sperrow. Würdest du mir bei der Bewerbung helfen, wenn wir Nordfeuer erreichen?«

Er nickte und lächelte, wie ein Bruder einer Schwester zulächelt. »Wir Toleranten halten zusammen, weil wir sonst niemanden haben. Wir alle werden dir helfen.«

Sie umarmte ihn. Also würde sie nicht nur einen neuen Job, sondern auch eine neue Familie bekommen. Nicht schlecht für eine ehemalige Gassengöre und Diebin, selbst wenn sie die beste in den Hundert Welten gewesen war.

J. O. Jeppson

Das Horn des Elbenlandes

Ein Außerordentliches Mitglied der Psychoanalytischen Allianz stellte einen Plastikbehälter auf den Tisch und sagte: »Ich habe Blaubeeren zum Nachtisch mitgebracht, um das Erklingen des Horns des Elbenlandes gebührend zu feiern.«

Verblüfft hielten die anderen Mitglieder der Anonymen Püschater mit dem Versuch inne, Junghühner im Bratensaft zu zerlegen, ohne daß die Früherbsen von ihren Tellern kullerten. »Woher haben Sie mitten im Winter Blaubeeren bekommen?« fragte ein Püschater.

»Meinen Sie nicht *Die Hörner* des Elbenlandes?« fragte ein belesener weiblicher Püschater.

»Nein, meint sie nicht«, sagte der Ältestenvorsitzende, »und wo auch immer Sie diese Blaubeeren aufgetrieben haben, mein Lieber, sie passen ausgezeichnet zu diesen Keksen, die ich zum Dank mitgebracht habe, weil Sie mir neulich in dieser unangenehmen Zwangslage ihre Eintrittskarte für die Philharmonie überlassen haben.«

»Schoko-Schoko-Raspel!« sagte das Außerordentliche Mitglied. »Eine Mahlzeit ist die Musik der Liebe...«

»Ich mißbillige all diese falschen Zitate«, sagte der belesene weibliche Püschater, »und nicht minder die Anspielungen auf das Essen.«

»Ruhe!« sagte der Ältestenvorsitzende. »Ich möchte eine Geschichte über Musik zum besten geben.«

»Vielleicht eine Geschichte mit einer tieferen Zen-Bedeutung?« fragte das Außerordentliche Mitglied.

»Machen Sie sich doch nicht lächerlich!« entgegnete der Ältestenvorsitzende und bedachte sie mit einem überaus argwöhnischen Blick.

Das Außerordentliche Mitglied schien in eine Meditation über Kekse vertieft zu sein. »Wenn ich esse, esse ich. Wenn ich Musik höre...«

»Das reicht«, sagte der Ältestenvorsitzende.

Letzte Woche (sagte er) erhielt ich einen Anruf von meinem Internisten, der nicht nur einer meiner ältesten Kollegen ist, sondern auch – wie sie sicher erstaunt zur Kenntnis nehmen werden – ein Mann, auf dessen Meinung ich größten Wert lege, da es mir in meinem Alter immer schwerer fällt, einen zuverlässigen Gewährsmann zu finden, geschweige denn einen anderen ärztlichen Ratgeber, den ich nicht schon nach zehn Minuten als durchtriebenes Arschloch durchschaut habe. Mein Internist reicht nicht ganz an mich heran, ist aber der beste, den ich kenne, so daß ich immer willens bin, ihm auszuhelfen, wenn es mir möglich ist. Sein Problem war sein Tunichtgut von Enkelsohn, inzwischen etwa dreißig Jahre alt, der dringend psychiatrischer Hilfe bedürftig schien.

Ich erinnerte meinen Internisten daran, daß sein Enkel für eine klassische Freudsche Analyse, mein Spezialgebiet, offenbar nicht geeignet war, erklärte mich aber bereit, in dieser Notlage ein paar Sitzungen durchzuführen.

Als ich den Patienten am letzten Dienstagmorgen sah, erwies er sich als ein kleines Energiebündel mit spärlich braunem Bart und einem wilden Blick in den Augen.

»Hallöchen«, sagte er und setzte sich auf meine Couch. »Ich nehme an, Großvati hat Ihnen seine Diagnose unterbreitet – ich sei verrückt und hätte mein Leben mit dem Versuch verschwendet, mich selbst zu finden. Das habe ich wohl. Ich habe versucht, mich in zahlreichen Hochschulen zu finden, im Geschäft, bei harter Arbeit und bei dem, was Großvati Müßiggang nennt, aber hauptsächlich habe ich vom dem Geld gelebt, das mein anderer Großvater mir hinterlassen hat, und meine drei hauptsächlichen Interessen verfolgt – Musik, gutes Essen und Tolkien, nicht unbedingt in dieser Reihenfolge.«

Da ich keine Analyse durchführte, befragte ich ihn, um die Dinge zu beschleunigen. El, wie ich ihn nennen will, konnte gut genug Gitarre und Klavier spielen, um sich damit den Lebensunterhalt zu verdienen, hatte es aber nie versucht. Er war ein so guter Koch, daß sein bislang einziges Experiment mit der Ehe ein Ende fand, als seine Frau (eine vielbeschäftigte Anwältin) sich darüber beklagte, er würde lieber den Ofen als sie anheizen.

Er war von Tolkien geradezu besessen, und seine Beschäftigung mit dem *Herrn der Ringe* war ihm derart aus der Hand geraten, daß sie die Grenzen einer respektablen Neurose schon längst überschritten hatte.

El glaubte – glaubt –, daß es Elben wirklich gibt.

»Großvati hält das für verrückt«, sagte El und bog seine nackten Zehen auf meiner Couch vor und zurück. Obwohl Winter war, trug er Sandalen. Vielleicht erwartete er, daß aus seinem Spann ein Pelz sproß.

»Es mag sein«, fuhr El fort, »daß ich ein wenig übereifrig war, als ich meinen Namen in Elrond änderte – sagen Sie, wissen Sie überhaupt, wovon ich rede? Ist Ihnen klar, daß ich mich nicht auf kleine koboldähnliche Geschöpfe in dummen Kindermärchen beziehe, sondern auf Elben, diese großen, majestätischen, übermenschlichen Wesen aus Tolkiens Meisterwerk?«

»Und Sie glauben, daß Sie eine Elbe sind?«

»Zum Teufel, nein. Ich glaube nur, daß es einen Ort gibt, wo Elben leben, und der sich erreichen läßt, wenn man die Begrenzungen dieser Dimension abschüttelt. Tolkien hat intuitiv, unterbewußt, die Wahrheit erkannt, daß es ein anderes Universum gibt, in dem Elben leben, starke Musik machen und wundervolles Essen zu sich nehmen. Ich kann dieses Universum mit Hilfe des Ringes erreichen.«

Er hielt inne und kicherte, als wüßte er, daß er meine Neugier gekitzelt hatte.

»Des Ringes?«

»Wissen Sie, Tolkien lag da falsch. Es ist nicht die Art von Ring, die er beschrieben hat. Es ist ein Ring aus Musik. Wahre Macht entsteht, wenn man die richtige Schwingungssequenz vollendet, wodurch sich dieser Ring schließt und uns in die andere Dimension stürzen läßt. Ich mache mir jedoch ein wenig Sorgen, was mit der Avery-Fisher-Halle geschehen wird.«

Ich runzelte fragend die Stirn. Das hat immer einen bemerkenswerten Erfolg.

»Ein Erdbeben wird das Gebäude verschlucken«, sagte er, »aber ich werde die Konzerte trotzdem besuchen. Alle – Donnerstag, Samstag und Dienstagabend und Freitagnachmittag. Irgendwas wird passieren, weil sie Pinktons Seminales Seriatum spielen.«

»Wessen was?«

»Serienmusik!«

»Eine Serie wie *Dallas*?« fragte ich. Aus irgendeinem Grund dachte ich ans Fernsehen.

»Serienmusik wie bei einer mathematischen Reihe. Die Hauptthemen fügen sich mittels eines sorgsam geschaffenen Musters der zwölf Tonhöhen der wohltemperierten Stufenleiter zu einer vorbestimmten Form zusammen, wobei die Intervalle in Reihen arrangiert werden, die eine harmonische Folge bilden oder auf harmonische Möglichkeiten hinweisen, die sich erfüllen lassen oder auch nicht. Die reihenweise Anordnung des Stücks kann die Klangfarbe, den Rhythmus und die Tonhöhe beinhalten – und Pinktons Schöpfung wird die Resonanzmöglichkeiten der Fisher-Halle überbeanspruchen.«

»Ach?«

»Insbesondere die Beleuchtungsarrangements über der Bühne werden reagieren, wenn die Serienmusik in den Metallampen, die wie etwas rundere orientalische Kupferschellen geformt sind, eine Resonanz erzeugt. Das steht völlig außer Zweifel. Jede Lampenreihe weist eine bewußt unterschiedliche Stückzahl auf – fünf-sieben-sieben-fünf in der ersten Reihe am Rand der Bühnendecke, vier-zwölf-vier in der nächsten, drei-sechs-drei in der nächsten und vierundzwanzig hintereinander in der letzten Reihe. Ähnlich ausgeglichene, aber völlig unterschiedlich angeordnete Lampenreihen mit wechselnden Stückzahlen befinden sich über dem Publikum, aber reagieren werden die Heißen über der Bühne.«

Ich war skeptisch, um es zurückhaltend auszudrücken. Vielleicht verriet mein Gesichtsausdruck, was ich dachte – obwohl ich der Freudianer mit dem härtesten Pokerface bin –, denn El blickte düster drein und schlug sich mit den Händen auf die Schenkel.

»*Versuchen* Sie doch wenigstens, mir zu glauben! Ich weiß, wovon ich spreche! Als ich die Avery-Fisher-Halle nach dem Innenumbau vor ein paar Jahren zum ersten Mal sah, faszinierten mich ihre Möglichkeiten ungemein. Damals fing ich an, so viele Konzerte wie möglich zu besuchen. Zuerst war ich der Meinung, das repetitive *Dah-dah-dah-DAH* in Beethovens Fünfter könnte interessante Auswirkungen hervorbringen, oder vielleicht auch barocke oder kontrapunktische Klänge, aber nein! Ich wandte mich modernerer Musik zu, doch erst bei der Aufführung der seriellsten Serienmusik überhaupt wuchs in mir die Gewißheit, daß es vielleicht eine ideale Komposition gibt, die die Fisher-Halle in eine andere Dimension stürzen lassen könnte.«

»Und dort erwarten Sie, übermenschliche Wesen zu finden? Vielleicht sind die Probleme mit Ihrem Vater – ein nicht überwundener Ödipus-Komplex – und mit darauffolgenden männlichen Autoritätspersonen...«

»Quatsch«, sagte El. Eigentlich hat er nicht genau dieses Wort benutzt, doch da wir gerade speisen, will ich seine Ausdrucksweise ein wenig säubern.

»Haben Sie diesen Pinkton kennengelernt?« fragte ich, da ich den Eindruck hatte, daß El noch immer auf der Suche nach einer Vaterfigur war, die ihm passender erschien als sein eigener Vater, oder (der Himmel behüte!) sein Großvater.

»Pinkton ist ein junger Fatzke von fünfundzwanzig Jahren, der in Boston wohnt und nichts damit zu tun hat, außer, daß er die Musik schrieb. Er ist vielleicht ein modernes musikalisches Genie, aber ich bin mir sicher, daß er keine Ahnung hat, was sein mathematischer Tonaufbau der Welt antun wird.«

»Was meinen Sie mit Tonaufbau?«

»Das ist des Pudels Kern. Die besondere Komposition, die heute abend gespielt wird, baut Tonalitäten und Amplituden auf, deren Dissonanzen sich so weit steigern, bis das Geräusch für die meisten Menschen unerträglich wird – und genau in diesem Augenblick schwächt es sich ab, und eine Tür auf der Bühnenseite öffnet sich. In der Dunkelheit dahinter wartet ein weiterer Waldhornspieler, der eigens für diesen Abend engagiert wurde. Wir werden ihn nicht sehen können, doch plötzlich werden wir einen unglaublich lieblichen Ton hören, wie der ferne Klang eines Elbenhorns.«

Ich weiß nicht, was mich dazu trieb. Ein höchst unanalytisches Verhalten. Doch plötzlich ertappte ich mich, wie ich laut murmelte: »Blas, Waldhorn, blas...«

»Ganz genau«, sagte El, offensichtlich erfreut. »Tennyson hat es genau beschrieben. Wilde Echos schallen zum Publikum hinaus, hoch und klar, wie aus weiter Ferne. Kein echtes Horn, nicht einmal eine Trompete, denn von allen Blechinstrumenten kann nur das Waldhorn einen so süßen, so traurigen, so weichen Klang hervorbringen – darin liegt die ganze Ironie von Pinktons Meisterwerk.«

»Das verstehe ich nicht.«

»Sie werden es auch nicht verstehen, wenn Sie das Konzert nicht besuchen. Rufen Sie sich in Erinnerung zurück, daß das Publikum mit einem Sperrfeuer unangenehmer Serienmusik eingedeckt wurde. Dann bekam es eine Atempause und wurde durch das hinter der Bühne postierte Waldhorn zu der Annahme verleitet, sich nun entspannen und erfreuen zu können. Danach folgt ein schierer Geniestreich. Das Horn setzt augenblicklich zu einer unglaublichen Dissonanz an.«

»Ich verstehe nicht, wie *ein* Horn einen Effekt schaffen kann, der...«

»Vergessen Sie nicht, daß der Rest des Orchesters auf der Bühne immer noch dissonant spielt, aber so leise, daß das Publikum annehmen wird, alles würde sich schließlich doch noch zum harmonischen und wohlklingenden Hörgenuß wenden. Das Horn hinter der Bühne gibt seinen scheinbar versöhnlichen Klang zum Orchesterspiel hinzu, unterbricht aber plötzlich die präzise mathematische Konfiguration mit einem weiteren dissonanten Klang, der einen mit den Zähnen knirschen läßt, und zwingt die Serialität der Musik in ein wahres Fieber. Das Orchester dreht durch, und die ganze Sache endet mit einem Knall.«

»Klingt schrecklich.«

»Es ist wundervoll. Ich habe es in Boston und Philadelphia gehört, aber diese Städte haben nicht die richtigen Hallen. Die metallenen Lampenreihen der Fisher-Halle weisen eine geheimnisvolle Serialität auf.«

»Ich verstehe noch immer nicht ganz. Wieso kann dieses eine Waldhorn möglicherweise ein Erdbeben auslösen?«

»Bevor das Horn erklingt, hat sich in den Menschen wie auch in dem

Metall eine unglaubliche Spannung aufgebaut, und diese Spannung wird wohl noch erhöht, weil das Publikum getäuscht wird und Linderung erwartet. Sobald das Horn die unerwarteten, grausamen Dissonanzen von sich gibt, schließt sich der Ring der starken Klang- und elektromagnetischen und möglicherweise auch Psi-Wellen, und diese Dissonanz wird uns nach Mittelerde befördern oder wie auch immer dieser Ort in der anderen Dimension genannt wird. Dabei wird es zu einem kleinen Erdbeben kommen.«

»Und das wird sich heute abend ereignen?«

»Jedesmal, wenn das Seminale Seriatum in der Fisher-Halle gespielt wird. Ich bin überzeugt, daß es unmittelbar vor der Explosion ein Vorzeichen in Form eines elektrischen Phänomens, vielleicht einer kleinen Explosion, geben wird.«

Es bereitete mir Probleme, meinen Sarkasmus im Zaum zu halten. »Ich nehme an, Sie haben nachgeforscht, ob es eine Rolle spielt, ob die Deckenlampen ein- oder ausgeschaltet sind?«

»Natürlich. Während des Konzerts ist die Beleuchtung über den Publikumsrängen gedämpft, doch die über den Musikern grell und hart. Alle Lampen werden nach einem ausgeklügelten Schema eingeschaltet. Fällt ein Licht aus, gerät dieses Muster in Unordnung und trennt unsere Verbundenheit mit diesem Universum allmählich auf...«

Er fuhr eine Zeitlang auf diese Art fort und streifte auch die brillante Harmonie, die Tolkien mit dem Universum von Mittelerde verbunden hatte, wenngleich er sich auch – sagte El – von seiner Sprachbesessenheit vom rechten Weg führen ließ, wo er sich doch lieber auf die Musik der Elben konzentriert hätte, eine Musik, die uns vielleicht in diese andere Dimension ziehen könnte, genau wie wir von den Dissonanzen in dieser hier hineingeschoben würden.

Ich kam mit der üblichen psychiatrischen Befragung nicht weiter, doch El versprach, am nächsten Morgen – ein Freitag – wiederzukommen.

Als er verspätet erschien, wären seine Niedergeschlagenheit und Besorgnis selbst einem Nicht-Freudianer aufgefallen.

»Ich war zu aufgeregt, um zu essen«, sagte er. »Vielleicht hätte ich die Nägel zählen sollen!«

»Die *was*?«

»Die Beschlagnägel in den Bühnenwänden und der Decke. Acht in den Seitenpaneelen, sechs, glaube ich, in jeder Deckentäfelung. Vielleicht spielen sie aber doch keine Rolle... Wenn ich damit anfange, die Schwingungseigenschaften dieses Metalls zu berücksichtigen, sollte ich wohl auch die Stahlträger im Gebäude und das

Metall der Stuhlverstrebungen einschließen.«

»Versuchen Sie mir beizubringen, daß nichts geschehen ist?«

»Und ich habe das Metall in Brillen, Juwelen, Zahnfüllungen und Uhren vergessen – mein Gott, Uhren, die unentwegt ticken und unterschwellig die Serialität der Komposition unterbrechen! Und was ist mit den batteriebetriebenen Uhren wie meiner Accutron, die ein geisterhaftes Summen beisteuern? Und Klavierdrähte! Oh, zum Teufel, ich habe das Metall in der Bühnenhydraulik vergessen, die das Klavier hebt und senkt! Und Kesselpauken sind am schlimmsten... Was sage ich da? Das ist verrückt!«

Ich war froh, daß er es eingesehen hatte. Ich hatte mir schon Sorgen über eine außer Kontrolle geratene manische Entwicklung gemacht, eine offensichtliche Diagnose, selbst wenn er die Nahrungsaufnahme nicht vernachlässigt hätte, wodurch alles noch schlimmer wurde. Ich erinnerte mich daran, daß meine Frau mir eine Tüte Kekse in die Aktentasche eingepackt hatte, als ich an diesem Morgen das Haus verlassen hatte, doch einem Patienten Kekse anzubieten! Das ist meiner Meinung nach für einen Püschater so gut wie undenkbar. Vielleicht war es nun, da er im Begriff stand, eine gewisse Einsicht in seine eigene Pathologie zu zeigen, auch überflüssig.

»Genau!« rief er. »Ich wäre verrückt, all die anderen Metallarten zu berücksichtigen, selbst die Kesselpauken! Schließlich sind Trommeln auf verschiedene Tonhöhen gestimmt, während diese Lampen mit ihrer mathematischen Sequenz der Musik ähneln; eine jede ist mit der anderen identisch, die eingeschalteten sind warm und die nicht eingeschalteten kalt.«

»Da gestern abend nichts passiert ist – warum beharren Sie auf der Annahme, daß etwas passieren wird?« sagte ich und stöberte in meiner Aktentasche herum.

»Ich habe mich nicht ganz richtig ausgedrückt. Was ich wollte... ich meine, was ich erwartet habe, ist nicht eingetreten. Es gab kein Erdbeben. Wir sind nicht in die andere Dimension durchgekommen. Aber ich schwöre, beim Höhepunkt der Serienmusik, als das Horn hinter der Bühne mit seiner unglaublichen Dissonanz in das Orchesterschmettern einfiel, fingen die Kabel dieser drei von der Decke herabhängenden Mikrophone an zu vibrieren. Dieser unerfahrene Gastdirigent muß die Sache beim nächsten Mal nur *richtig* spielen! Sie werden es sehen. Die Welt wird es sehen!« El lachte irre auf.

»Nehmen Sie einen Keks«, sagte ich.

Er nahm einen. »Danke. Ich scheine doch hungrig zu sein. Es ist so deprimierend. Letzte Nacht konnte ich nicht schlafen, weil ich immer wieder überlegte, ob ich mich vielleicht doch geirrt habe.«

»Bei dieser ganzen Sache mit dem Elbenland?«

»Oh, nein, *das* existiert – irgendwo. Vielleicht habe ich mich bei Pinktons Musik geirrt. Vielleicht schickt sie uns doch nicht an einen Ort, an dem ich Elbenmusik hören und Elbenspeisen zu mir nehmen kann.«

Er schluckte den Keks herunter. »Die richtige Nahrung ist wichtig, um unsere Physiologie der höheren Daseinsebene anzupassen, und die Musik wird sie dort festhalten. Vielleicht ist Pinktons Musik, wenn sie *richtig* gespielt wird, genau die falsche. Ich habe Angst... all die Leute, die in der Avery-Fisher-Halle sitzen, ohne Elbennahrung in ihren Mägen, und einer Musik zuhören, die vielleicht keine Elbenmusik ist... ich habe Angst! Solche Angst!«

»Angst wovor?«

»Nach Mordor geschickt zu werden, natürlich! Alle in der Avery-Fisher-Halle...«

»Nehmen Sie noch einen Keks«, sagte ich.

»Die Kekse sind gut, aber ich mache bessere«, sagte er. »Haben Sie gewußt, daß ich ein richtiger Feinschmecker-Koch bin? Ich habe Versuche mit neuen Gewürzmischungen und anderen Ingredienzen angestellt, um richtige Elbennahrung zuzubereiten, aber meine konservative Familie war nicht gerade begeistert davon.«

»Was ist mit Mordor?«

Sein Gesicht bekam Falten, als wolle er weinen. »Als ich bei der Vorstellung gestern abend sah, daß die Mikrophonkabel in Schwingungen versetzt wurden, kam mir plötzlich in den Sinn, was New York für eine Stadt ist und wie es überhaupt in der Welt aussieht; und nun befürchte ich, daß wir die Grenzen dieses Universums nicht überwinden und nicht zu dem andren, besseren, vorstoßen können. Vielleicht hat Tolkien die beiden möglichen anderen Universen, die dem Volksmund als Himmel und Hölle bekannt sind, zusammengefaßt, und Mordor ist die Hölle. Vielleicht verschlägt es uns dorthin, wenn wir mit der Musik Erfolg haben.«

»Aber...«

»Herrjeh, Großpapi sagt, Sie wären ein Freudianer. Ich dachte, ihr Burschen würdet keine störenden Zwischenbemerkungen machen.«

Ich sagte nichts. Ich erwähnte nicht, daß ich mir diese unangenehme Eigenart vielleicht bei gewissen Kollegen aus dem anderen Lager angeeignet hatte. (Der Altersvorsitzende zwinkerte dem Außerordentlichen Mitglied zu.)

»Vielleicht«, fuhr El mit traurigem Tonfall fort, »sind deshalb so viele Menschen während der Pinkton-Komposition, des letzten Stükkes, hinausgegangen. Ich weiß, daß das Publikum der Philharmonie die Eigenschaft aufweist, eine Aufführung schon frühzeitig zu verlassen, um bloß die Vorortzüge nicht zu verpassen, aber diesmal glich es bald einem Volkslauf. Vielleicht hat das Pinkton-Stück deshalb nicht den gewünschten Erfolg gebracht.«

»Könnte es nicht sein, daß Serienmusik nicht jedermanns Geschmack ist?«

»Die meiste Serienmusik ist harmonisch und stumpfsinnig«, sagte El, »doch dieser Pinkton ist eine Ausnahme. Aber wenn es doch funktioniert, und... und... dann Mordor! Ich glaube nicht, daß ich das ertragen kann. Und doch ist es so logisch. Vielleicht wird die Öffnung nach Mordor hier in dieser Dimension durch die Feinheiten sorgfältig strukturierter Dissonanzen geschaffen.«

»Es hört sich ganz so an«, bemerkte ich trocken.

»Sie haben Pinkton gehört!«

»Äh, nein, aber...«

»Dann müssen Sie zu einem der Konzerte gehen. Gehen Sie morgen. Beschaffen Sie sich von jemandem eine Eintrittskarte oder versuchen Sie es an der Abendkasse. Normalerweise rufen Abonnementkunden, die bei einer Vorstellung verhindert sind, rechtzeitig genug an, damit die Abendkasse ihre Karten verkaufen kann. Bitte gehen Sie! Mein Großvater ist so wütend auf mich. Ich bin immer ein solcher Versager gewesen. Ich möchte, daß einer seiner Freunde anwesend ist, wenn ich beweise, daß ich recht behalte.« Mit diesen Worten stürzte er aus meiner Praxis.

Ich faßte den Entschluß, meinem Internisten zuliebe die Vorstellung zu besuchen. Sie (er nickte dem Außerordentlichen Mitglied freundlich zu) waren so freundlich, mir Ihre Abonnementkarte für die Matineevorstellung am Freitag zu überlassen, und ich ging.

Unglücklicherweise saß ich im dritten Rang, so hoch oben wie nur möglich, und hielt meine leichte Neigung zur Agoraphobie unter Kontrolle, als das Konzert schließlich mit merklich unterdrücktem Applaus für die Pinkton-Komposition endete. Vielleicht war das Publikum oder das, was davon übrig geblieben war, zu schockiert, um zu pfeifen.

Plötzlich sah ich, wie El sich den Weg durch die erregte Menge bahnte, und bevor ich begriff, was da vor sich ging, war er auf der Bühne, gerade, als der Dirigent sich nach dem Pinkton-Stück zum erstenmal verbeugte.

»Spielen Sie es noch mal!« rief El. Dann wurde er puterrot und lief zu dem Dirigenten hinüber, um ihm etwas ins Ohr zu flüstern. Jemand im Publikum kicherte, aber die meisten Besucher unterbrachen ihren entschlossenen Marsch zur Lobby hinaus nicht. Eifrig auf ihn einredend, hielt El den Arm des Dirigenten fest.

Der Konzertmeister trat zum Dirigentenpult hinauf und half dem Dirigenten, El zur Seitenkulisse zu schaffen. Nach einer Minute – der Applaus war mittlerweile völlig erstorben – kamen sie ohne ihn zurück. Ein weiterer oberflächlicher Applaus, eindeutig der Höflichkeit halber, war alles, was das Publikum zu geben bereit war, und das war das Ende des Konzerts.

Als ich die Bühnenebene erreicht hatte – die Fahrstühle in der Avery-Fisher-Halle sind langsam, und ich bin zu alt, um all diese Treppenfluchten hinabzulaufen –, hatte das Wachpersonal El schon zur Beobachtung in die Psychiatrische Abteilung des Bellevue-Krankenhauses gebracht.

Ja, an ihren Gesichtern erkenne ich, daß Sie in den Tageszeitungen davon gelesen haben – natürlich nicht in der *Times*. El nannte jedem einen falschen Namen, und so dauerte es eine Weile, bis sich herausstellte, daß er mein Patient war. Erst am Sonntagmorgen wurde er meiner Obhut überstellt.

Inzwischen war das Konzert am Samtag abend ohne Zwischenfall und ohne Els Anwesenheit verlaufen. Er war geläutert und deprimiert und versprach uns allen, auch seinem Großvater, sich zu benehmen.

»Das bedeutet wohl, daß ich mir keine Luftpistole kaufen und eine Lampe zerschießen kann, wenn das Horn hinter der Bühne einsetzt«, sagte er.

Er bedurfte eindeutig einer Langzeitbehandlung.

Nachdem er den restlichen Sonntag und den Montag wohlbehütet am Herzen seiner Familie verbracht hatte, besuchte er mich erneut am Dienstagmorgen. Er wirkte wieder erregt.

»Mir ist gerade in den Sinn gekommen, daß man Menschen mit Herzschrittmachern warnen muß, sich das Seminale Seriatum anzuhören«, sagte El, noch immer besessen. »Wenn die verdammte Musik richtig gespielt wird – was bislang meiner Meinung nach nicht der Fall gewesen ist –, werden wir nicht nur nach Mordor fahren, nein, die elektronischen Vibrationen werden auch alle Herzschrittmacher aus dem Takt bringen. Zumindest glaube ich das. Wußten Sie, daß Großpapi einen hat?«

»Nein«, sagte ich, seltsam beunruhigt. Mein eigener Internist – ein Mann meines Alters – mit einem Herzschrittmacher! Ich war bislang der Meinung gewesen, in den besten Jahren zu stehen. Jetzt stellten sich erste Zweifel ein. Mordor fürwahr!

»Und ich habe mich bei den Lampen geirrt«, sagte El und zog an seinem Bart. »Ich dachte, die Heißen über der Bühne wären die, auf die es ankommt, aber vielleicht sind die über dem Publikum die wichtigen, besonders die erste Reihe vor der Bühne – sechs und sechsundzwanzig und sechs. Meinen Sie nicht auch, daß die Reihen mit gerader Stückzahl nicht eher betroffen sind als die mit ungerader?«

Es war hoffnungslos. Ich konnte ihn nicht dazu bringen, sich auf etwas anderes als die Avery-Fisher-Halle und Pinkton zu konzentrieren. Ich bedauerte, nicht mehr Kekse mitgebracht zu haben, und befürchtete, daß er, wenn er seine Absicht verwirklichte, zum letzten Konzert heute abend zu gehen, einen psychotischen Schock davontragen würde, von dem er sich lange nicht erholen würde. Es gelang mir nicht, ihn zu überreden, zu Hause zu bleiben, doch er versprach mir, ruhig sitzen zu bleiben und das Theater, mochte geschehen, was wollte, ohne Aufsehen zu verlassen. Er überzeugte mich, *nicht* zu gehen und ihm zu vertrauen.

Ein Glück, daß wir uns an diesem Donnerstag zum Dinner unserer Psychoanalytischen Allianz versammelt haben, denn ich verspürte den Wunsch, diesen Fall zu beschreiben, der sich nun, allen Erwartungen zum Trotz, doch noch zum Besseren gewandt hat. Mein Patient kam heute morgen schon sehr früh zu seiner Sitzung, und sein Zustand schien sich beträchtlich gebessert zu haben. Er brachte mir sogar ein Geschenk mit.

»Nach dem Konzert gestern abend bin ich noch aufgeblieben und habe diese Kekse gebacken“, sagte er, als er mein Sprechzimmer betrat. Er wirkte anders – irgendwie größer, ja stattlicher, und eindeutig ausgeglichener und ruhiger. Sein Großvater muß ihm meine Vorliebe für Schoko-Schoko-Raspel verraten haben.

»Was ist beim Konzert passiert?« Ich konnte nicht anders, ich mußte diese Frage einfach stellen. Den ganzen Abend über war ich ruhelos auf und ab geschritten und hatte mir Sorgen um ihn gemacht, statt den psychodynamischen Verlauf seines Falles zu beschreiben und mir den Kopf über die richtige psychoanalytische Wortwahl zu zerbrechen.

»Ich glaube, ich habe mich bei Pinkton geirrt«, sagte El. »Ich hätte es wissen müssen... trotz aller theoretischer Möglichkeit kann kein Orchester die Musik so genau spielen, daß die richtige Resonanzauswirkung auf die Beleuchtung übergreift und die Bedingungen schafft, die für den Eintritt in eine andere Dimension nötig sind. Und darüber hinaus war der Hornist gestern abend völlig daneben.«

Es folgte eine Pause, und El zuckte die Achseln. »Komisch, aber die andere Dimension spielt keine große Rolle mehr. Vielleicht habe ich akzeptiert, daß wir alle in dieser hier festhängen; ich werde das Beste daraus machen. Während ich dem Seriatum lauschte, kam mir eine brillante Idee. Ich werde ein Restaurant eröffnen. Großpapi sagt, er würde mir das Geld dafür geben.«

»Dann...«

»Ich wollte es ›Elronds Weg‹ nennen, aber das könnte Schwierigkeiten mit dem Urheberrecht geben, also werde ich mir etwas anderes ausdenken müssen. Ich werde die köstlichen Speisen bereiten, die ich erfunden habe, als ich der Elbennahrung nachspürte, und ich werde jeden Abend eine Musik- und Lichtshow zeigen – moderne Musik und vielleicht farbige Computergrafiken, auf einen großen Bildschirm projiziert. Ich glaube, ich habe mich endlich« – er zwinkerte mir zu – »s-elb-st gefunden.«

Sie sehen also, meine Kollegen Püschater, El ist zwar noch immer ziemlich verrückt, hat aber einen Teil seiner fixen Idee in eine möglicherweise lohnende Anstrengung umgewandelt. Ich für meinen Teil beabsichtige, sein Restaurant zu besuchen, wenngleich mich die Musik wohl kaum faszinieren wird. Probieren Sie einen seiner Kekse, und Sie werden mich verstehen.«

Der Ältestenvorsitzende beendete seinen Bericht und reichte die Tüte mit den Keksen herum.

»Die besten, die ich je gekostet habe«, sagten mehrere Püschater.

»Hervorragend«, sagte das Außerordentliche Mitglied. »Sie schmecken gut zu meinen Blaubeeren.«

»Für einen Mensch, der einfach nicht dick wird«, meinte der Ältestenvorsitzende neidisch, »haben Sie immer ein beträchtliches Interesse am Essen gezeigt.«

»Und daran, wie Geschichten ausgehen.«

»Ich habe Ihnen gesagt, wie sie ausging.«

»Sie kennen den Rest der Geschichte nicht. Ich ging gestern abend zu dem Konzert.«

»Aber Sie hatten eine Eintrittskarte für Freitag, und die haben Sie mir gegeben.«

»Ich bekam in der letzten Minute eine an der Abendkasse. Ich war neugierig. Ihr Patient hat sich geirrt. Es ist etwas passiert.«

»Na gut, na gut. Ich habe nicht damit gerechnet, eine Fallstudie vortragen zu können, ohne daß Sie irgendwie in der Sache drinstekken«, sagte der Ältestenvorsitzende. »Erzählen Sie schon.«

»Na ja«, sagte das Außerordentliche Mitglied nach einem Keks, »ich saß nicht auf meinem üblichen Platz im dritten Rang, sondern unten, mitten in den Orchesterrängen. Ich konnte die Bühnenlampen ziemlich gut sehen. Nach der schrecklichen Pinkton-Komposition erklang das Horn hinter der Bühne zuerst tatsächlich, als käme es aus dem Elbenland und wolle einen Ring der Glückseligkeit versprechen.«

»Glückseligkeit?« sagte der Ältestenvorsitzende. »Ich habe es gehört, und wie El sagte, soll das Horn einen nur zu dieser Annahme verleiten, bevor es dann diese, bei Gott, wahrhaft schreckliche Orchesterkakaphonie einleitet.«

Das Außerordentliche Mitglied schüttelte den Kopf. »Als der Hornist gestern abend zur Dissonanz überwechseln sollte, schlug ihm der Ton um – bei Waldhörnern kann das selbst den besten Spielern passieren – und statt eines fürchterlichen, krachenden Tons hörten wir...«

»Was?« fragte der Ältestenvorsitzende, als das Außerordentliche Mitglied innehielt und ins Nichts starrte.

»Hm. Es geschah, als eine der Lampen unter der Bühnendecke ausfiel. Da ich nicht sehr mathematisch veranlagt bin, vergaß ich zu zählen, um welche genau es sich handelte, und natürlich spielte das Orchester das verdammte Stück schließlich zu Ende, doch was den erwarteten Effekt betraf, war es restlos verpatzt...«

»Was ist passiert?« rief der Ältestenvorsitzende.

»Und danach fiel mir auf, daß jeder in meiner Nähe ein wenig bleicher und ziemlich angespannt wirkte...«

»Bei diesem Tempo«, sagte der Ältestenvorsitzende, »werde ich bald selbst einen Herzschrittmacher brauchen. Wenn Sie uns nicht sagen, was geschehen ist...«

»Oh, ja. Verstehen Sie, der umgeschlagene Ton... er brachte nicht die schlimmstmögliche Dissonanz hervor, sondern genau das Gegenteil. Nach dem, was wir durchgemacht hatten, klang dieser Ton, als würde er das Versprechen der Glückseligkeit halten. Wir traten nicht ins Elbenland. Es kam zu uns. Vielleicht hatte der Hornist von Mordor die Nase voll und spielte den Ton absichtlich.«

»Ich nehme an, Sie hatten eine außersinnliche Wahrnehmung, wie üblich.«

Das Außerordentliche Mitglied grinste. »Ich saß auf einem Berghang und aß von der Sonne gewärmte Blaubeeren, die überall um mich herum wild wuchsen. Der kleine Junge vor mir drehte sich zu seiner Mutter um und sagte: ›Ich war an Bord einer Space Shuttle hatte jede Menge Spaß und aß eine Wassermelone. Ich konnte sie schmecken. Sie war *wirklich da*. Wo warst du, Mami?‹«

»Sie erwarten doch wohl nicht, daß wir Ihnen das glauben?«

»Zum Glück hatte seine Mutter den letzten Teil des Konzerts verschlafen, so daß sie selbstsicher sagen konnte: ›Du hast schon immer eine zu lebhafte Phantasie gehabt, Schatz.‹ Alle Besucher neben mir seufzten, offensichtlich vor Erleichterung, und wir verließen die Avery-Fisher-Halle, die völlig unbeschädigt war.«

»Ich nehme an«, sagte der Ältestenvorsitzende resigniert, »Sie werden nun sagen, daß die Nahrung ein Teil des Erlebnisses ist, weil ihr Genuß eine eher primitive Wahrnehmung ist, und daß es zu irgendeiner verstärkten Aktivität der rechten Gehirnhälfte gekommen ist, hervorgerufen durch die Vibrationsverstärkung im elektromagnetischen Neutronenfeld?«

»Naja...«

»Ich kenne Sie doch! Sie werden darauf bestehen, daß Els partielle Heilung ein Nachgeben seines besseren Ichs als Antwort auf meine Besorgnis darstellt, und ich den Fall gut gehandhabt habe, weil ich vom üblichen Vorgehen abgewichen bin.«

»Hm«, sagte das Außerordentliche Mitglied, nahm noch einen Keks und goß Milch auf die Blaubeeren.

»Und jetzt werden Sie sich wahrscheinlich feierlich darüber auslassen, wie wir Püschater immer nur die inwendige Pathologie betrachten, als enthielte der menschliche Verstand nur Mordor, während wir dem Patienten doch eigentlich dabei helfen sollten, in ihm selbst das zu finden, was echt und edel und...«

»Elbenhaft?« sagte das Außerordentliche Mitglied.

»Ich wußte es!« sagte der Ältestenvorsitzende triumphierend.

»Nun ja, ich...«

»Überdies«, sagte der Ältestenvorsitzende stirnrunzelnd, »werden Sie Ihre Ausführungen nun zweifellos mit irgendeiner unerträglich obskuren Zen-Bemerkung abschließen, die Ihrer Meinung nach das Geheimnis des Lebens erhellt.«

»Lassen Sie sich die Blaubeeren schmecken«, sagte das Außerordentliche Mitglied.

Leigh Kennedy

Unsere liebe Martha

Martha suchte ihren Daddy.

Als sie die Lichter der Hütten an den öden Hängen vor den Toren Austins sah, hatte sie ihr Ziel fast vergessen. Besonders, da sie nicht die Straße benutzen konnte; sie war nur bedacht, den ersten Hügel zu überleben, den nächsten, dann noch einen...

Sie sog die eisige Luft ein, die der Wind ihr von den berüchtigten Ofenkaminen jener Menschen hinüberwehte, die direkt vor der Stadt wohnten.

Jemand briet Menschenfleisch in seinem Feuer.

Die dünnen Lederstiefel, die das Christliche Reformlager von Mitteltexas ausgegeben hatte, boten nur spärlichen Schutz, wenn man durch vierzig Zentimeter hohen Schnee stapfen mußte. Die scharfen Eiskanten hatten selbst durch die Jeans ihre Schienbeine aufgerissen. Der Wind zerrte heftig an ihren Ärmeln und dem Kragen und hämmerte ihr gegen die Ohren, bis ein dumpfer Schmerz durch ihren Schädel pochte. Sie hatte auf dem Weg von Smithville dreimal eine Pause eingelegt, um ein Feuer zu schüren, das wieder Gefühl in ihre Füße brachte, und ein wenig zu schlafen.

Der Geruch trieb sie an. Es war schon lange her, daß Martha diesen besonderen Duft gerochen hatte. Die Kekse und Äpfel, die sie mitgenommen hatte – aus der Lagerküche gestohlen –, waren schon lange verzehrt.

Je näher sie sich ihrer Heimat und der Wärme entgegenkämpfte, desto dichter fiel der trockene Schnee. Allmählich konnte sie Einzelheiten der Hütte ausmachen, in der sie den größten Teil ihres Lebens verbracht hatte – die schweren Vorhänge vor den Fenstern, der flache Flußstein, auf den sie sich immer gesetzt hatte, wenn sie ihren Vater beim Holzhacken beobachtet hatte, die Farbkleckse auf der Ostwand.

Klug genug, sich dem Haus nicht von der Straße aus zu nähern, auf der streunende Reisende, ob legal oder nicht, mit Interesse begutachtet wurden, wählte sie die Hintertür. Sie stieß sie auf und trat ein.

»Daddy?«

Das Haus hatte sich kaum verändert – andere Farben und Gerüche; ihr fiel auf, daß ihr kleines Bett neben dem Kamin verschwunden war. Auf den Herdsteinen lagen ein abgetrennter Kopf, von dem das Haar steif und unnatürlich abstand, und Teile einer Schulter. An Haken über der Feuerstelle hingen Fleischstreifen, und auf dem hohen Rost über dem Feuer brodelte es in einem Kessel. Das Fleisch roch alt. Anscheinend stammte es nicht von einem Mann, den man erst kürzlich getötet, sondern von einer Leiche, die man vor die Tore geworfen hatte, weil in der Stadt niemand für das Begräbnis aufkommen wollte.

Sie hörte ein Geräusch hinter ihr.

»Dad...« sagte sie und drehte sich um.

Eine Frau schwankte auf Martha zu, eine Würgeschlinge in den Händen. Martha trat zurück. Als sie den Mund aufmachte, wußte sie schon, daß sie das kaltblütige Verhalten ihres Vaters nachahmte. »Hallo, Nachbarin«, sagte sie.

Die Augen der Frau verengten sich. Sie war noch immer angriffslustig. Wenn die Frau eine Durchgedrehte war, würde Martha sich etwas einfallen lassen müssen, um mit heiler Haut hier herauszukommen.

»Nachbarin?« wiederholte die Frau.

»Was haben Sie in meinem Haus zu suchen?« sagte Martha.

Die Frau lächelte verzerrt. »Nix mit *deinem* Haus, Kleine. Ich wohne hier.«

Nun mußte Martha überlegen. Der letzte Brief ihres Vaters hatte sie vor über einem Jahr im Lager erreicht. War es möglich, daß er eine Gefährtin gefunden hatte? »Mit meinem Daddy?« fragte sie.

»Nehm ich nicht an«, sagte die Frau. Ihre Hände senkten sich ein wenig. »Nicht, wenn der alte Knacker mir nicht gar nix erzählt hat.«

»Mein Daddy heißt Harry Jim Skill.«

»Na, dann ist dein Daddy nicht hier«, sagte die Frau gereizt. »Was tust du überhaupt hier draußen?«

»Ich suche nach meinem...«

»Ja, schon gut«, sagte die Frau. Sie entwand die Schlinge ihren Händen und stopfte sie in die Tasche. »Er hat dir wohl gar kein bißchen Vernunft eingepaukt, was? Wenn du wirklich hier in der Gegend wohnst, laß ich dich gehen. Und jetzt verschwinde!«

Martha war nicht bereit, sich sagen zu lassen, was sie zu tun hatte. Sie konnte nicht glauben, daß ihr Vater nicht in der Nähe war. »Harry Jim!« rief sie.

»Du kleine Klette, ich laß dich im eigenen Saft schmoren...« sagte die Frau und trat wieder auf sie zu.

Die Hintertür schwang auf. Martha wirbelte herum. Das Gesicht hätte das eines Engels oder das eines Käfers sein können, sie konnte es nicht sagen, aber es war das falsche, völlig falsch, und das machte die Sache so schrecklich.

»Schnapp sie dir!« rief die Frau, und Martha zögerte nur so lange, bis sie die Unsicherheit des Schreckens aus ihren Knochen geschüttelt hatte, dann stürmte sie durch die Vordertür.

Als sie in Sichtweite der Stadttore gekommen war, wußte sie, daß sie unvorsichtig geworden war. Sie blieb stehen. Vor ihr war, direkt neben den Toren, ein verbeultes Schild an eine Ziegelwand genagelt:

WILLKOMMEN IN AUSTIN, HAUPTSTADT DES STAATES TEXAS.

Über ihr beugte sich ein Posten aus dem Wachtstand; er hatte sie im Visier seines Gewehrs. »Keine Bewegung!« sagte er über einen Lautsprecher.

Martha verharrte regungslos. In den ersten dreizehn Jahren ihres Lebens – bis man sie ins Lager gebracht hatte – hatte sie ständig die Mauern von Austin gesehen, aber noch nie aus solcher Nähe.

»Laß die Tasche fallen.«

Martha ließ die Tasche mit ihren Besitztümern aus der Hand auf den gefrorenen Schlammboden gleiten.

Noch immer hielt der Wachtposten das Gewehr auf sie gerichtet. »Hast du einen Passierschein?«

Sie wollte schon nein sagen, überlegte es sich aber anders. »Man hat mich hinten auf einen Regierungslaster gezerrt. Sie haben mir den Paß gestohlen und mich dann hinausgeworfen. Bin drei Tage lang marschiert.«

Der Posten wartete. Nach einem Augenblick senkte sich der Kasten, in dem er stand, auf einer Gleisspur die Mauer hinab. Als er sich etwa einen Meter über dem Boden befand, hielt er mit einem mechanischen Knirschen an. Einer der Scheinwerfer über der Wand schwenkte herum, bis sein Lichtstrahl direkt auf sie fiel. Sie hob die Hand, um die Augen abzuschirmen.

»Wirf deine Tasche herüber.«

Martha hob die Tasche auf und schleuderte sie zum Kasten. Der Posten bewegte sich vorsichtig, ließ die Augen nicht von ihr und machte einen Schritt zur Seite, um die Tasche mit einem Haken hochzuziehen. Er untersuchte sie in seinem Kasten. »Zieh dich aus.«

»Es ist zu kalt!«

»Willst du in die Stadt?«

Sie streifte alles ab, einschließlich ihrer Stiefel, und zitterte so stark, daß sie ihm kaum das Bündel hinüberwerfen konnte. Nach einem Augenblick sagte die Stimme im Lautsprecher: »Herein mit dir!« Das Tor glitt nur einen Spaltbreit zurück; Martha zwängte sich durch die Öffnung. Jemand ergriff sie am Arm. Aus den Augenwinkeln sah sie, wie der Wachtstand wieder die Wand hinaufrumpelte.

Sie stand nackt in den Stadttoren – zum ersten Mal. Trampelpfade funkelten kalt unter den gekrümmten Köpfen von Straßenlaternen. Kleine Häuser, die Fenster dunkel, reihten sich wie zur gegenseitigen

Stützung aneinander. Der Wind pfiff unheimlich durch zerbrochene Glasscheiben. Der Klang scheppernden Metalls hallte im Wind.

Sie hatte sich die Stadt als wahres Paradies für anständige Leute vorgestellt, doch hier sah es schlimmer aus als draußen. Aber, dachte sie und beäugte die vielen Häuser, in denen man unterschlüpfen konnte, es mußte hier eine Menge zu essen geben...

Der Soldat, der sie am Arm gefaßt hatte, musterte sie eindringlich. »Wie heißt du?«

Erst jetzt erkannte Martha, daß es sich um eine Frau handelte. Sie blinzelte. »Äh... Martha...«

»He, Carrie«, rief die Wache von oben. »Übernimm mal 'ne Weile meinen Posten.«

»Scheiße«, murmelte die Soldatin neben Martha. »Komm runter«, sagte sie ungeduldig. Als der andere eine Metalltreppe hinabeilte, schlug sie einen warnenden Tonfall an. »Eines Tages wird man dich erwischen, du geiler Hund. Eines Tages wird die Tochter des Gouverneurs durchs KG kommen.«

»Das ist nicht die Tochter des Gouverneurs«, sagte er und nahm Martha an der Hand. »Jetzt komm schon; ich muß dich melden. Du willst doch in die Stadt, oder? Hast du Verwandte hier?«

»Weiß nicht, ob sie noch in der Stadt sind«, sagte Martha, als er sie auf einen Metallschuppen zuschob. Sie war ganz benommen von der Kälte und vom Herumschubsen.

»Das finden wir sehr bald heraus.« Er öffnete die Tür. In dem Schuppen befand sich ein Tisch, auf dem Werkzeuge lagen, ein Brett mit fettfleckigen Merkzetteln und ein Radio, wie sie es auch in Bruder Guys Büro im Lager gesehen hatte. An einer Wand stand ein nicht gerade vertrauenswürdig aussehendes Feldbett.

»Leg dich hin, mach die Beine breit. Hast du es schon mal gemacht?« fragte der Posten und schnallte den Gürtel auf.

Martha testete das Feldbett und befand, daß es ihr Gewicht tragen würde. »Muß ich denn unbedingt?«

»Würde die Sache für dich einfacher machen, Süße.«

Sie zuckte die Achseln.

Der Jeep jagte durch die Stadt, hüpfte manchmal über tiefe Risse in der Straße, schleuderte manchmal herum, um Schlaglöchern auszuweichen, sackte manchmal mit einem dumpfen Geräusch mit einem Rad in ein Loch. Martha saß neben dem fahrenden Polizisten, über die Tasche in ihrem Schoß gebeugt. Sie hatten ihre Tante Jenny Skill im Adreßbuch gefunden. Martha konnte sich nicht mehr erinnern, was aus der Schwester ihres Vaters geworden war, nur, daß sie in der Stadt geheiratet und ihren Mann später verlassen oder verloren hatte. Die Einwanderungspolizei sagte ihr, wenn ihre Tante Jenny sie nicht aufnehmen wollte (oder konnte), müsse sie ins KG-Lager.

Martha hatte Gerüchte über KG-Lager gehört. Manchmal wurden Leute, die auf dem Bau oder mit niederen Verwaltungsarbeiten beschäftigt werden konnten, jahrelang dort festgehalten. Man konnte herauskommen, wenn man sich politisch angepaßt gab oder die Aufmerksamkeit eines Regierungsbürokraten auf sich lenken konnte. Martha hoffte, daß ihre Tante vielleicht wußte, wo ihr Vater war; wenn er selbst in einem Lager festsaß, konnte sie ihn dann suchen. Er würde ihr helfen. Oder...?

Sie dachte daran, wie sie ihn zum letztenmal gesehen hatte...

»Entsage deinem Sündenweg!«
Sie war hinausgelaufen, um den klapprigen Lastwagen mit dem Hühnerkäfig auf der Ladefläche zu sehen. In dem Käfig stand eine alte Frau mit zwei Äpfeln in der einen und einer Kartoffel in der anderen Hand. Obwohl sie grau und gebrechlich war, klang ihre Stimme fest, als sie aus dem Käfig direkt zu Martha sprach.

»Entsage deinem Sündenweg!« rief sie und deutete dann auf Marthas Vater, der direkt hinter ihr stand. »Komm mit uns zur Gemeinde des Herrn! Wir haben Nahrung, wir haben Wärme. Verdamme dein Kind nicht durch deinen Sündenweg!«

»Martha«, setzte ihr Vater an, schwieg dann jedoch.

»Sieh dir all das Essen an«, sagte Martha und starrte auf die prallen Säcke mit Kartoffeln, Äpfeln, Bohnen und die Käselaibe mit schwerer Rinde in den Kisten, die in Papier eingewickelten Brotlaibe.

»Vierzig Meilen zum Glück«, rief die Frau. »Vierzig Meilen zu geregelten Mahlzeiten, einem warmen Bett und gottgegebenem Seelenfrieden.« Sie lockte Martha mit einem Apfel herbei und öffnete die Käfigtür. »Du wirst nicht mehr das Fleisch deiner Brüder und Schwestern essen müssen. Brüder und Schwestern in Gottes Augen! Entsage deinem Sündenweg! Wir verstehen! Wir vergeben! Wir werden dich retten!«

»Martha«, sagte ihr Vater wieder, mit einer Stimme, so weich wie fallender Schnee, »willst du gehen?«

Martha stierte auf mehr Nahrung, als sie je in ihrem Leben gesehen hatte. Sie dachte an die Nächte nach einer besonders anstrengenden Jagd, wenn ihr Vater im Bett lag und weinte. Sie war noch jung genug, um zu glauben, daß ein anderes Leben gleichbedeutend mit einem besseren war, und sollte ihr Vater einverstanden sein...

»Ja!«

»Komm, Kind«, sagte die Frau, »komm mit uns, um voller Dank für deine Erlösung zu beten.«

Martha ergriff die hintere Wagenklappe und zog sich zur Käfigtür hoch. Dann blickte sie über die Schulter und sah, daß ihr Vater noch immer dort stand und einfach zusah.

»Daddy!«

Die Frau packte sie an den Schultern und zog sie kopfüber auf den Lastwagen. »Fahr zu, Bruder Guy!« rief sie.

Der Wagen ruckte an. Martha stürzte nach vorn und schlug sich die Knie auf. Sie rappelte sich auf, um zu der Gestalt neben der Straße zurückzuschauen, und rief: »Laß mich raus, laß mich raus, du alte Hexe!«

Und weit entfernt rief ihr Vater ihren Namen durch die an den Mund gelegten hohlen Hände. »Martha, ich hab dich lieb!« sagte er.

Aus dem Jeep konnte sie eingestürzte Häuser sehen. Zu ihrer Linken sah sie die Umrisse großer Gebäude, die ihr aus der Ferne jahrelang vertraut gewesen waren. Sie wirkten nah und groß und bildeten dennoch eine einzige zusammenhängende Form.

Ein Wunsch stieg in Martha empor – wenn sie ihren Vater nicht finden konnte, würde ihre Tante vielleicht seine Stelle einnehmen.

Nachdem man sie zum Christlichen Lager gebracht hatte, war sie zuerst verbittert und wütend gewesen, hatte sich von dem einzigen Menschen, der ihr jemals etwas bedeutet hatte, im Stich gelassen gefühlt. Seine wenigen Briefe hatten sie schließlich zu der Erkenntnis geführt, daß er es für das Beste für sie hielt. Während der betäubenden Jahre im Lager hatte Martha zwar die Phrasen gesprochen und die Lieder gesungen, aber sie waren nicht zu ihr vorgedrungen. Sie hatte zögernd ein paar hinlängliche Freundschaften geschlossen, aber keine so guten Freunde gewonnen, daß sie ihnen bei einer Trennung nachweinen würde.

Sie lehnte sich zurück und glitt den Sitz hinab, das Gesicht hinaus gewandt, um geduldig die Straßenzüge zu beobachten. In alten Büchern hatte sie Bilder von Städten gesehen, doch diese hier schien nur eine in Ruinen liegende Nachahmung zu sein. Vertrocknetes Unkraut bohrte sich aus der dünnen Schneekruste. Hausteile waren abgeschlagen worden, wahrscheinlich, um Feuerholz zu gewinnen oder andere Häuser damit zu bauen. Im Vorbeifahren sah sie, wie jemand einen Fensterrahmen aus einer verlassenen Garage brach. Sie sah einen umzäunten Baum.

Der Fahrer wurde langsamer und sprach zum erstenmal mit ihr. »Ist es hier?«

Martha musterte das Haus hinter den Pfosten, die einmal ein Lattenzaun gewesen waren. Es war ein viereckiges, zweigeschossiges Gebäude mit symmetrischen Fensterreihen. »Ich weiß nicht«, sagte sie.

Sie folgte dem Polizisten über den Pfad zum Haus. Das Dach überschwebte die Tür ein wenig, sah aber aus, als hätte man einzelne Latten abgehauen. Eine graupelige Schneeschicht bedeckte die Briefkästen und andere seltsame Gegenstände auf der Veranda. Der Polizist klopfte gegen die Tür und wandte sich unbehaglich der Straße zu.

Als sich die Tür öffnete, standen vier Leute hinter einem schweren Maschendraht. Andere sahen durch die spaltbreit geöffneten Vorhänge. Der Polizist entfaltete ein Formular und hielt es ihnen entgegen. »Wohnt hier eine Jennifer Skill?«

Die Szene erinnerte Martha an ihre Ankunft im Lager. Gesichter; Gesichter, die ihr entgegenstarrten.

Eine Frau kam aus dem anderen Zimmer und blieb hinter dem Maschendraht stehen. »Was wollen Sie?«

Martha konnte die Geschichten ihres Vaters über seine Kindheitsgefährtin nicht mit dieser schmallippigen, dünnen Frau in Einklang bringen.

»Dieses Mädchen behauptet, daß Sie es aufnehmen würden.«

Jenny Skill sah Martha fragend an. »Wer ist sie?«

»Martha Gail Skill, behauptet sie«, sagte der Polizist.

»Wo ist mein Daddy?« fragte Martha sie.

Eine Weile kam keine Antwort. Der Polizist und Martha stierten hinein, und die anderen stierten hinaus, und niemand sagte einen Ton. Jenny griff über ihren Kopf, und als ihre Hände am Rand des Maschengeflechts hinabkrochen, erklangen die Geräusche aufschnappender Metallschlösser.

Die Tür öffnete sich. Martha trat hinein und stellte sich hinter ihre Tante. Der Polizist stieß sein Notizbuch in die Türöffnung. »Unterschreiben Sie das«, sagte er. »Sie hat keine Papiere. Sie müssen sie innerhalb von zehn Tagen für sie beschaffen oder die Geldstrafe zahlen.«

Jenny nickte nur, als sie das Papier unterschrieb.

Nachdem der Polizist gegangen war, nahm Jenny Marthas Mantelkragen zwischen Daumen und Zeigefinger und führte sie ins Wohnzimmer. Der Raum war vollgestopft mit Möbeln, als wären die Einrichtungen mehrerer Haushalte zu einem einzigen zusammengefaßt worden.

Etwas fünfzehn Menschen betraten den Raum; einige nahmen auf den Sofas oder Stühlen Platz, doch die meisten blieben stehen. Jenny reckte das Kinn in die Höhe. »Sie ist eine Verwandte von mir, und ich übernehme die Verantwortung für sie. Ihr wißt, daß sie die Tochter meines Bruders Harry ist, aber sie wird sich hier benehmen.« Jenny umfaßte Marthas Unterkiefer mit der Hand und zog ihr Gesicht herum, so daß Martha direkt in Jennys Augen sah. »Wirst du dich benehmen?« fragte sie.

»Wo ist mein Daddy?« flüsterte Martha. Sie spürte, wie sich ihre Gedärme verkrampften. Die helle elektrische Glühbirne über ihr, die vielen Fremden, die sie begutachteten, und Jennys Barschheit verwirrten sie.

»Armes Ding«, flüsterte eine ältere Frau.

»Vergiß deinen Daddy einfach«, sagte Jenny. »Er ist nicht hier.«

»Aber wo ist er?«

»Hat keinen Zweck, sich darüber den Kopf zu zerbrechen.«

»Jetzt warte mal einen Augenblick«, sagte ein Mann.

Jenny ließ Martha los, und zum ersten Mal konnte sie die anderen Leute mustern. Da hockten zwei alte Großmütter zusammen. Da waren mehrere Männer im Alter ihres Vaters und noch mehr Frauen. An jüngeren Leuten in ihrem Alter zählte sie nur fünf. Später fand sie heraus, daß man sechs Kinder schon zu Bett gebracht hatte.

Der große Mann, der gesprochen hatte, rückte näher. Er hatte einen aggressiven, besorgten Gesichtsausdruck, der Martha schon bei einigen Durchgedrehten im Lager aufgefallen war. »Ich weiß nicht recht, das Kind deines Bruders hier aufzunehmen. Nichts gegen dich, Jenny, aber wir alle wissen, was dein Bruder war, und was soll man da noch sagen...«

»Sag ihnen, wo du gewesen bist«, befahl Jenny und versetzte Martha mit dem Ellbogen einen Stoß in die Rippen.

Martha stand benommen da. Das Wort *war* hatte sich auf ihren Vater bezogen. *War?* Was hatte das zu bedeuten?

»Sie war im Christlichen Reformlager«, sagte Jenny. »Also gut, hör zu, Darren. Terry zieht aus der Nische unter der Treppe aus, und wir hängen diese große Messingglocke an die Tür. Wenn sie nachts herauskommt, wird jeder sie hören. Wir schicken sie mit den Kindern zur Nahrungssuche hinaus. Wenn sie wie wir zu essen bekommt, wird sie schon keinen aufschlitzen wollen.«

»Da mußt du sie aber schon besser füttern«, sagte die eine Großmutter.

»He, und wo soll *ich* schlafen?« fragte ein junges Mädchen. Es war ziemlich hübsch, ließ Martha aber nicht aus den zusammengekniffenen Augen.

Martha bekam undeutlich mit, daß für das Mädchen ein anderer Schlafplatz gesucht wurde. Jemand wurde in die Küche geschickt, um die Messer einzuschließen. Jenny durchsuchte Marthas Taschen. Schweiß perlte auf Marthas Oberlippe; sie biß die Zähne zusammen, als es in ihren Därmen heftig zuckte.

»Jenny«, sagte sie, »was ist mit Daddy passiert?«

Jenny fuhr rasch herum. »Er ist tot! Und jetzt will ich kein Wort mehr davon hören.«

Martha nickte langsam. Sie hatte erwartet, daß ihre Tante genau das sagen würde, aber irgendwie konnte sie nicht glauben, daß sie es wirklich gesagt hatte. In ihren Ohren summte es, und sie fühlte sich ganz elend. »Ich muß mal aufs Klo.«

»Kaye, bring sie hinaus«, sagte Jenny.

Eine junge, dunkelhaarige Frau erschauerte melodramatisch. *»Ich?«*

»Schon gut, schon gut«, sagte Jenny ungeduldig. »Switzer.«

Ein blonder, junger Mann mit roten Wangen bedeutete Martha, ihn zu begleiten. Sie folgte ihm durch die Küche; sie war zwar sauber, doch auf den engen Regalen waren Dosen, Flaschen, Konserven und Geschirr zusammengepfercht, und überall hingen Töpfe und andere Küchenutensilien. Switzer entriegelte die Hintertür. Sie sah das Klo und lief los.

Trotz der Kälte blieb sie länger als eigentlich nötig, schluchzend und von Krämpfen geschüttelt. Sie dachte daran, wie sie ihren Vater zum letztenmal gesehen, an die Worte, die er ihr geschrieben hatte, daß sie eines Tages zusammen in den Süden ziehen würden, wenn er erst genug Geld gespart hatte, um den Grenzzoll zu entrichten. Alte Erinnerungen stiegen in ihr empor – wie er ihr Geschichten erzählt hatte, die kleinen Streiche, die sie einander gespielt hatten, die Lieder, die er gesungen hatte, wenn er kochte oder nähte, wie er ausgesehen hatte, wenn er »einfach nachdachte«.

Sie wollte nicht zurück zu all diesen Menschen. Im Lager war jeder bemüht gewesen, nett zu sein, wenngleich die Gefühle oftmals im Gegensatz zum Verhalten der Menschen gestanden hatten.

Sie hörte auf zu weinen. Sie fühlte sich ausgetrocknet, kalt und erschöpft.

Auf dem Rückweg zum Haus sagte Switzer: »Es tut mir leid wegen deines Vaters.« In seiner Stimme lag ein gewisser Zorn.

Jenny erwartete sie in der Küche und führte sie zu einem düsteren Raum, in dem zahlreiche Matratzen aneinandergereiht lagen. Zwei kleine Körper ruhten unter Bettdecken, aber die anderen waren unbenutzt. »Hier. Wir geben dir ein warmes Zuhause. Vergiß das nicht.« Jenny öffnete eine Schranktür. Ein greller Glockenton erklang. Eins der schlafenden Kinder setzte sich auf. Martha sah, daß der dunkle Schrank um die Unterseite einer Treppe herumgebaut war; überall standen Kisten, die sich bedrohlich zu neigen schienen.

Jenny drängte Martha hinein.

Die Tür schloß sich mit einem weiteren Mißklang hinter ihr, dann schnappte ein Riegel zu.

Martha sank zu Boden; erst jetzt spürte sie, wie müde sie war. Als sich ihre Augen an die Dunkelheit gewöhnt hatten, sah sie den Schatten ihrer Hand vor einer groben Decke. Stimmen und Schritte erklangen irgendwo in der Nähe. Jemand ging die Treppe über ihr hinauf.

Sie war hungrig – schrecklich hungrig nun. Hinter der Tür waren so viele Menschen.

Sie wußte, daß ihre Rippen und Hüftknochen und ihr Rückgrat harte Stellen an ihrem Körper waren. Aber in diesem Haus befanden sich Menschen, die nicht so mager waren. Sie konnte von Matratze zu Matratze kriechen und ihre Hüftknochen abtasten und würde keine finden, die so scharf waren wie die ihren.

»Menschen sind keine Nahrung«, hatte Bruder Guy an ihrem zweiten Tag im Lager zu ihr gesagt. »Als Gott Moses die Gebote gab, sagte er: ›Du sollst nicht töten.‹ Es ist besser, selbst Hungers zu sterben als seine Mitmenschen zu töten. Es ist falsch, Martha, *falsch*. Du wirst in den Tiefen der einsamen Hölle durch die Qualen des ewigen Feuers, der ewigen Schmerzen, des ewigen Leides für deine Sünden bezahlen, wenn du nicht sofort niederkniest und bei Gott schwörst – bekennst! –, daß du falsch getan hast. Daß du kein Menschenfleisch mehr essen wirst. Daß du ein unschuldiges Kind der Umstände warst. Daß du um seine Vergebung bittest. Daß du voller Seelenqual und Zerknirschung bereust. Daß du den Hunger mit einer innigen Liebe für ihn ertragen wirst! Auf die Knie, Martha! Bete! Bete für deine Seele!«

Und Martha hatte sich hingekniet und gebetet, voller Hoffnung, daß Gott alles Leid von ihr nehmen würde. Aber im Lauf der Jahre hatte sie erkannt, daß Bruder Guy die Welt nicht so sah wie sie. Er sah sie sogar anders als jeder andere. Ihre Hoffnung auf Erlösung und Furcht vor einer endlosen Hölle bröckelte Stück um Stück ab, bis sie sich nur aus Gewohnheit so benahm, wie die anderen es von ihr erwarteten – und aus Respekt vor dem Mittagstisch.

Doch nun war sie frei davon.

Als Tante Jenny sie am Morgen aus dem Wandschrank holte, schleppte sie Martha in einen winzigen Raum mit einem Kübel darin, in dem sich lauwarmes Wasser befand. Vor ihr mochten sich schon zwei oder drei andere darin gewaschen haben. Martha genoß es nicht gerade, sich in schaumigem Wasser zu suhlen, und schätzte auch nicht das Feuchtsein nach dem Bad. Im Lager hatte sie sich nur einmal pro Woche waschen müssen.

»Wasch dir auch die Haare«, sagte Jenny und schloß die Tür.

Sie gehorchte aus Gewohnheit. Als sie halbwegs fertig war, warf ihr jemand ein Hemd und Hosen hinein, die sich als etwas zu groß erwiesen, als sie sie anzog. Vor der Tür saß Switzer auf dem Boden und wartete anscheinend auf sie. »Hungrig?« fragte er.

Martha wußte, daß sich ihr Gesichtsausdruck bei dem Vorschlag, etwas zu essen, verändert hatte. Switzer führte sie in die Küche. Sechs oder sieben Leute drängten sich dort zusammen, bereiteten sich das Frühstück, erledigten den Abwasch oder unterhielten sich einfach nur.

Switzer bedeutete ihr, sich zu setzen. Als sie sich auf den Rand vor dem Tisch hockte, fiel ihr auf, daß die Unterhaltung abklang. Ein Junge starrte sie an, doch der Mann mit dem fliehenden Kinn fuhr mit seiner Mahlzeit fort, und die Frau sah aus dem Fenster. Switzer kehrte mit zwei Schüsseln, die eine weiße, mehlige Suppe enthielten, und einem Stück Brot zurück. Er brach das Brot, gab ihr die Hälfte und machte sich über sein Essen her.

Als sie den Löffel in den Haferschleim tauchte, warf ihr der Mann einen einstudiert beiläufigen Blick zu, als sei er neugierig auf die Tischmanieren von Leuten wie ihr.

Sie verschwendete keine Zeit mit Tischmanieren.

»Gehen wir«, sagte Switzer, als sie sich den letzten Bissen Brot in den Mund stopfte.

»Gehen?«

»Komm schon.« Er führte sie durch die Küche. In der Diele zog er einen Mantel über und setzte eine Pudelmütze auf; sein helles Haar fiel über den Kragen. Er warf sich einen Stoffsack um den Hals. Marthas Mantel hing an einem Kleiderhaken.

»Wohin gehen wir?« fragte sie, als sie sich vom Haus entfernten. Das Wetter war klar bis auf ein paar graue Wolken im Süden, doch das Sonnenlicht wurde von einer hartnäckigen, kühlen Brise getrübt.

»Auf Nahrungssuche«, sagte er und warf ihr einen versteckten Blick zu. »Du bist doch auch schon auf Nahrungssuche gegangen, oder?«

Sie zuckte die Achseln.

»Gestern habe ich eine ganze Tür nach Hause gebracht«, fuhr er fort. Er spürte Marthas Skepsis und berührte die Tasche an seiner Schulter. »Ich habe sie natürlich zuerst kleingeschlagen.« Und dann öffnete er den Mantel und zeigte ihr eine kleine Axt, die im Futter des Mantels hing.

Sie schritten lange aus, ohne zu sprechen. Alle unbewohnten Häuser, die sie sah, waren geplündert worden. Nicht eßbarer oder brennbarer Unrat sammelte sich an Maschenzäunen. Vor ihnen befand sich der große gelbe Turm, den sie so oft aus der Ferne gesehen hatte.

»Das war einmal die Universität«, sagte Switzer.

Sie gelangten auf eine offene Fläche, auf der sich handgebaute Hütten aneinanderdrängten.

»Hier waren früher überall Bäume«, sagte er. »Ich habe Bilder von diesem Ort gesehen, wo überall bis auf den Wegen grünes Gras wuchs, und da standen Bäume ...«

Martha hatte einmal außerhalb von Smithville eine Gegend gesehen, die von Bäumen bedeckt war.

»Vielleicht wird es wieder wärmer, bevor wir alles vernichten müssen«, sagte Switzer.

»Wärmer?« entgegnete Martha. »Hah.«

»Vielleicht.« Switzer ging langsamer. »Ich habe gelesen, daß die ganze Sache nur von befristeter Dauer und keine wirkliche Klimaveränderung ist. Eine Abweichung wegen der drei Vulkanausbrüche und einer Sonnenfluktuation. Wenn es noch zwanzig Jahre oder so weitergeht, ist es vielleicht wirklich eine dauerhafte Veränderung, aber es *könnte* wieder wärmer werden.« Er war direkt und offen, nicht fanatisch wie die Christen; Martha konnte sehen, daß ihm wirklich an diesem Thema lag.

Aber sie verstand nicht, was er sagte. »Oh«, sagte sie und verdrehte die Augen.

Er lächelte unbestimmt, als wüßte er, daß sie ihm nicht folgen konnte.

»Ich weiß sowieso nicht, wie es in den guten Zeiten war«, sagte sie. »Mein Daddy hat mir ein wenig darüber erzählt, aber es klang so, als hätte er sich eine Geschichte ausgedacht. Du weißt ja, wie sie reden.«

»Wir wären glücklicher.«

Sie marschierten an den Schuppen vorbei. Martha sah Gesichter, die sie stumm durch Fenster beobachteten, die früher in Autos gewesen waren. Selbst in den Hütten aus Schrottmetall und Pappe mit ihren Behelfsschornsteinen kondensierte der Atem der Bewohner zu kleinen Wölkchen. Nur ein paar Menschen hielten sich außerhalb der

Baracken auf, Hände und Füße und Köpfe in Lumpen gewickelt, die Nasen erfroren. Sie hatte in der Stadt mehr Leute gesehen, die aussahen, als gehörten sie auf den anderen Hof im Lager, als sie es für möglich gehalten hatte.

Selbst Switzers Stimmung war gedämpft, als sie schweigend über die Grenze des Dorfes innerhalb der Stadt schritten. Er blickte unruhig über die Schulter, als zwei, dann drei Männer sie auf dem Weg zur Straße verfolgten. Martha zuckte zusammen, als Switzer sie am Arm faßte, doch er ließ nicht los.

»Hier ist es glatt«, sagte er und deutete auf die Treppe vor ihnen. Martha hielt es für einen Vorwand.

Als sie hinabgestiegen waren, legte Switzer einen Schritt zu. Martha sah, daß die Männer, die sie verfolgt hatten, wie Wachtposten am Rand des ehemaligen Campus standen.

»Ich dachte, du solltest über diesen Ort Bescheid wissen«, sagte er. »Und jetzt weißt du, wohin du *nicht* gehen darfst.«

Martha zuckte die Achseln. »Was würden die *mir* schon tun?«

Er antwortete nicht.

Sie marschierten eine lange Strecke weiter. Marthas Füße wurden allmählich taub, und der Wind überzog ihren Rücken mit einer Gänsehaut. Die Gebäude wurden immer größer und standen immer näher an der Straße, je weiter sie kamen. Zerbrochenes Glas, aufgegebene Ziegel- und Zementbauten – sie begriff, daß das das Innere der Stadt war, die sie nur aus der Ferne gesehen hatte, und nicht die Zuckerwatte, die sie sich vorgestellt hatte.

»Tauben«, sagte Switzer und deutete auf das Dach eines dreistöckigen Gebäudes. »Und direkt an meinem Lieblingsplatz.« Er holte eine Schleuder aus seiner Tasche. Martha fragte sich, wie viele Waffen und Werkzeuge er bei sich trug. Sie suchten den Boden nach kleinen Zementbrocken, Steinen oder Metallspänen ab.

Er schleuderte einen Stein. Die Tauben flogen in einer Wolke auf. Geschickt lud er neu, und noch einmal, aber von den vielleicht zehn Vögeln fiel nur einer. Sie liefen los, um ihn von der Straße aufzuheben.

Martha sah, daß der Vogel noch flatterte und den Hals reckte. »Laß mich mal«, sagte sie und streckte die Hand nach der Schleuder aus.

Switzer gab sie ihr. Sie blickte zu dem Vorsprung genau unter dem Dach hoch, auf dem sich die Tauben wieder niedergelassen hatten. Der Himmel war nun ein flaches Grau, die Wolken waren zum Teil über die Stadt hinweggezogen, aber es war immerhin so hell, daß sie die Augen zusammenkneifen mußte. Switzer scheuchte sie wieder auf, und dann schoß sie so schnell wie er, nur fielen diesmal drei Tauben.

»Verdammt viele Vögel hier«, sagte sie einfach, als sie die Tauben töteten.

»Du bist ziemlich gut«, meinte er bewundernd.

»Mußte ich auch sein.« Sie erinnerte sich daran, was ihr Vater ihr beigebracht hatte. – »Genau hier«, hatte er gesagt und auf seine Schläfe gedeutet, »und so hart, wie du nur kannst.«

»Im Lager?«

»Ja.« Sie gab ihm einen ihrer Vögel, so daß jeder nun zwei trug. »Sie paßten auf uns auf, damit wir für sie jagen, die Felder bestellen und Holz hacken konnten. Sie hatten eins dieser Gewächshäuser, das die Regierung an Leute wie sie ausgibt.«

»Warum hast du das Lager verlassen?«

Martha zuckte die Achseln. »Schien mir einfach an der Zeit dafür.«

»Waren sie gemein zu dir?«

Martha sah zum Himmel empor. Ein ziemlich öder Tag. Die einzig kräftige Farbe war das wettergerötete Rosa von Switzers Wangen. „Ich weiß nicht... nee. Wenn man nicht aus der Reihe tanzte, haben sie einen eigentlich in Ruhe gelassen.«

»Bist du aus der Reihe getanzt?« fragte er mit einem verschwörerischen Lächeln.

»Manchmal.«

Martha stand mit den anderen im Gemüsegarten, als der alte Randall stürzte. Er hatte schon ein paar Anfälle gebabt, aber sie waren nur schwach gewesen, und ein paar Tage Ruhe hatten ihn immer wieder auf die Füße gebracht.

Diesmal schlug er bäuchlings in den Schlamm und verstreute den Korb mit dem Spargel, den er am Zaunrand gesammelt hatte. Die vier sahen zu, und jeder kannte die Gedanken der anderen, ohne auch nur ein Wort oder einen Blick gewechselt zu haben.

Sie warteten.

Es war Sommer, erinnerte sich Martha, und der Himmel war bewölkt, aber es waren keine Gewitterwolken, und sie drohten vorüberzuziehen, ohne daß es Regen gab. Der Gesang einer Spottdrossel klang, als würde ein ausgetrocknetes Holzrad quietschen. Martha stand da und verscheuchte nicht einmal die Mücken.

Der alte Randall rührte sich nicht.

Zuerst näherten sie sich dem Gestürzten nur langsam, dann immer schneller. Das trockene Gras knirschte unter ihren Füßen, als sie schließlich liefen.

Keiner hatte jemals die Knochen des alten Randall gefunden. Gott brachte Bruder Guy dazu, zwanzig Kinder ohne Nahrung zurückzulassen (nur zwei davon erinnerten sich an Fett, das im Feuer brutzelte, und wie es war, sich den Magen vollgeschlagen zu haben), nur für den Fall, daß sie vergessen haben sollten, daß sie in Seiner Gnade lebten.

Sie schwangen die Tauben eine hinter die andere, als sie durch die Stadt gingen. Switzer sprach von Dingen, die sie nicht so recht begriff. Wenn er etwa vorschlug, sich die Umrisse der Stadt vorzustellen, die sie nur in Ruinen gesehen hatte, konnte sie seinen Worten nicht folgen.

»Wir treiben es im Übermaß«, sagte er. »Wenn wir zu essen haben, essen wir, bis nichts mehr da ist. Wenn mehr da ist, als wir auf einmal essen können, essen wir, bis uns schlecht wird, und greifen wieder zu, bevor wir wieder hungrig sind. Wenn wir genug Brennstoff haben, verbrennen wir ihn, bis uns heiß ist, selbst, wenn wir am nächsten Tag wieder frieren müssen. Die Leute sind dumm und gierig, wenn sie Hunger haben und ihnen kalt ist. Wenn die Regierung uns nicht im Stich gelassen hätte, würde sie versuchen, die Sache in Ordnung zu bringen. Aber jeder mit genug Geld und Macht ist zum Äquator gezogen. Man hat uns im Stich gelassen. Nach den Tropenkriegen sind alle Leute, die uns hätten helfen können, fortgezogen, und jetzt haben sie uns vergessen.«

»Was ist mit dem Gouverneur?« fragte Martha, um ihm zu zeigen, daß sie Anteil nahm.

»Oh, der ist auch gierig«, sagte Switzer voller Abscheu.

Als sie durch leere Gebäude krochen, Abfallhaufen durchstöberten, Dosen und Kisten und liegengebliebene Autos öffneten, sprach er von wissenschaftlichem Getreideanbau in kaltem Wetter, von Gebäudeplanung, um genug Wohnraum zu haben, und von unzulänglicher Forschung bei der Kernkraft, der Sonnenenergie und anderen Energiequellen.

»Bevor sich das Wetter änderte, haben wir daran gearbeitet. Aber nur halbherzig, weil kaum jemand glaubte, daß wir einmal darauf angewiesen sein würden. Als wir darauf angewiesen waren, lag alles schon zu sehr in Trümmern, um noch etwas zu bewerkstelligen. Meinen Eltern gehörte eine Firma, die Solarhäuser entwarf.«

Martha dachte darüber nach, ob seine Eltern in dem Haus wohnten, und was ›Solarhäuser‹ waren, fragte aber nicht.

Auf dem Rückweg schwieg er. Jene Art von Schweigen, die danach klang, als überlege er, wie er etwas sagen könne. Schließlich fragte er: »Kann ich heute nacht mit dir schlafen?«

»Glaub schon«, sagte Martha. »Aber...«

»Ich krieg das mit der Glocke hin. Die paßt mir sowieso nicht.«

Je länger sie bei ihm war, desto eigenartiger erschien er ihr, aber sie war der Meinung, es sei nicht schlecht, jemanden zu haben, mit dem sie spielen konnte.

Als sie kurz nach Einbruch der Dunkelheit zurückkamen, begrüßte Jenny sie an der Tür. Sie musterte Switzer lange, durchstöberte dann die Tasche und nickte anerkennend, als sie die Tauben sah.

»Die meisten hat Martha erlegt«, sagte er.

»Vielleicht verdient sie sich ihren Unterhalt hier«, sagte Jenny.

Für die anderen war der Tag nicht so gut gewesen. Zum Abendessen bekam jeder ein paar Löffel Taubenfleisch und Kartoffeln in einem Brei aus Wasser, Mehl und Schweineschmalz. Martha aß die kleine Portion und hoffte auf eine zweite. Es gab keine. Sie sprach kaum ein Wort, doch die Unterhaltung blieb sowieso auf die Ereignisse des Tages und die Aufteilung der Hausarbeiten beschränkt. Wie Martha erstmals auffiel, war der größte Teil des Gesprächs an Jenny gerichtet, obwohl ihre Tante kaum etwas sagte; jeder schien Wert auf ihre Zustimmung, ihr Interesse zu legen. Im Lager war es mit Bruder Guy genau das gleiche gewesen.

Jenny war zweifellos das Oberhaupt des Hauses.

Martha mochte sie nicht. Sie wußte selbst nicht, warum, aber ihr gefiel einfach nicht diese stumme Billigung all dessen, was um sie herum vorging. Sie mochte nicht, wie sie die Gabel hielt oder den Kopf zurückwarf und die Augen zukniff, wenn ihr jemand eine direkte Frage stellte. Selbst die Kleider, die sie trug, waren unförmig und charakterlos. Jenny war weder ent- noch angespannt, weder fröhlich noch gereizt. Sie war unverständlich und unnahbar. Martha war mit den Menschen nicht vertraut genug, um zu begreifen, daß diese Unnahbarkeit sie störte, sie spürte nur, daß Jenny nichts um sie gab. Ihrerseits mochte sie dafür Jenny nicht, und damit war die Sache geregelt.

Switzer war während der Mahlzeit genauso schweigsam wie sie. Da sie seine Vorfreude auf die Nacht erahnte, lächelte sie hin und wieder.

Jenny ließ ihr die Wahl, wie sie den Abend verbringen wollte; sie konnte in einem der oberen Schlafzimmer lesen, bis es für die Kinder an der Zeit war, ins Bett zu gehen, oder im Wohnzimmer Karten spielen oder einfach in der Küche und im Eßzimmer plaudern. Martha schnappte auf, daß jemand eine Fiedel erwähnte, hörte an diesem Abend aber keine Musik.

Als sie hörte, daß es ein Spiel gab, entschied sie sich fürs Kartenspielen. Seit sie ins Lager gekommen war, hatte sie nicht mehr Karten gespielt. Switzer murmelte etwas davon, lesen zu wollen, und verließ mit enttäuschtem Gesicht das Zimmer.

»Setz dich her, kleine Martha«, sagte einer der Großväter und deutete auf einen Stuhl. Martha fand ihn ganz nett, sah aber, daß er seiner Tante einen raschen Blick zuwarf, und spürte wieder deutlich, wer hier das Sagen hatte. Sie setzte sich. Einer der Mitspieler war Darren, der Mann, der am Abend zuvor gegen sie gesprochen hatte.

Sie spielten ein paar Runden Rommé, ohne viel zu reden. Martha war nicht schlecht, aber es war offensichtlich, daß die anderen jeden Abend spielten. Sie wurde es leid, immer zu verlieren, und stand auf.

»Wohin gehst du?« fragte eine Frau beunruhigt. Sie hatte die ganze Zeit über auf einem Stuhl in der Nähe gesessen und mit den Spielern geplaudert, während sie Lumpen zusammennähte.

Martha starrte sie nur an.

»Wohin gehst du?« wiederholte die Frau mit höherem Tonfall.

»Ich weiß nicht.«

»Setz dich wieder«, sagte Darren.

»Schatz, hol Jenny«, sagte die Frau.

Sie alle starrten Martha an. Martha starrte zurück. Zuerst wollte sie Darrens Blick erwidern, ohne mit der Wimper zu zucken; sie wußte, ein fester Blick war die beste Möglichkeit, mit seinem Zorn fertigzuwerden. Aber etwas wankte in ihr, und sie betrachtete seine Oberarme und schätzte, wie breit seine Schultern waren.

»Jenny!« rief er. Dann, die Augen zusammengekniffen, an Martha gewandt: »Warum siehst du mich so an?«

Martha drehte sich um. Als Jenny den Raum betrat, zog sie die Aufmerksamkeit sofort auf sich. »Was geht hier vor?«

»Willst du sie etwa frei herumlaufen lassen?«

Jenny seufzte. »Komm mit.« Sie führte Martha ins Eßzimmer und geleitete sie zu einem Stuhl im Hintergrund. »Bleib hier sitzen und halte dich von Patricia und Darren fern.« Und dann war sie wieder verschwunden.

Martha beobachtete die Kinder, die mit Puppen und einem Puppenhaus aus zusammengelöteten Blechdosen spielten. Immer wieder wollten sie die Aufmerksamkeit der Erwachsenen und älteren Kinder erhaschen. Die älteren Frauen saßen zusammen, als könnten sie nur aneinander Interesse finden, und tätschelten gelegentlich ein Kind. Das Zimmer roch nach feuchten Windeln und alter, schuppiger Haut. Die Frauen plauderten über die Leute, die sie früher gekannt hatten.

Martha seufzte und rutschte auf dem Stuhl hin und her.

»Du bist also Harrys Tochter?« fragte eine der älteren Frauen nach einer Weile.

Martha nickte.

»Ja, du siehst ihm ziemlich ähnlich«, sagte die Frau. »Aber weißt du, als ich ihn das letzte Mal sah, hatte er sich so verändert. Es war das erste Mal seit« – sie überlegte – »achtzehn Jahren.«

Martha hatte es nicht gewagt, von ihrem Daddy zu sprechen. Doch als sie sich zu der alten Frau hinüberbeugte, wich ihre Ruhelosigkeit plötzlich. »Wann haben Sie ihn gesehen?«

»Oh, erst im letzten Sommer. Ich weiß es noch, weil ich zuerst dachte, das Wetter wäre gar nicht so schlimm für ihn.«

»Das Wetter?«

»In diesem Gefängnis. In Dakota.« Sie senkte die Stimme und spähte im Zimmer herum, als wolle sie Martha jede Vertraulichkeit berichten, die sie in den letzten Jahren nicht hatte an den Mann bringen können. »Ich bin ja selbst der Meinung, daß es nicht so schlimm ist, Leute zu essen – sie zu töten vielleicht schon eher. Wir haben schon vor Jahren versucht, denen da oben beizubringen, daß es einfach zu viele Menschen gibt und daß sich die Lage so oder so verschlechtern würde. Die dachten einfach, wir hätten nur was gegen's Establishment, stell dir das vor! Naja, wir wußten noch nicht, daß das Wetter...«

»Dann ist er nicht tot?«

»Das letzte, was ich gehört habe, war, daß er lebt. Ich kannte ihn früher mal ziemlich gut. Ich war damals eine Freundin von Jenny und Harrys Vater.« Die Oma lächelte.

»Jenny hat gesagt, er sei tot«, murmelte Martha langsam. Sie wollte nur allzu gern glauben, daß ihre Tante gelogen hatte.

»Oh, das glaube ich nicht«, sagte die Oma hilfsbereit. »Sie wollte wahrscheinlich nicht, daß du ihn suchst. Er hat oft von dir gesprochen.«

»Sharon«, sagte die andere alte Frau.

Die Oma fuhr gutgelaunt fort: »Jenny weiß genau, daß du nicht zu ihm kannst. Heutzutage zählt eine Familie nicht mehr viel. Sie hat nie viel gezählt, dachte ich immer, aber jetzt ist es noch schlimmer. Die Hälfte der Leute, die hier wohnen, wissen nicht, ob ihre Verwandten tot sind oder noch leben, und es ist ihnen wahrscheinlich auch völlig gleichgültig. Noch ein Maul zu stopfen, noch ein Bett belegt. Sie würden eher einen Fremden aufnehmen, wenn er sich nützlich machen könnte. Als ich noch jung war, glaubten wir alle an Liebe und Frieden, und daran, einander zu helfen...«

»Sharon«, sagte die andere wieder und legte ihre knochigen Hände auf das schlaffe Fleisch des Arms ihrer Freundin. »Diese Leute hier sind wie die Ratten. Man darf ihnen nicht den Rücken zudrehen, und sie sind noch besser als die meisten anderen. Vergiß das nicht.«

»Guckt mal, Sharon und Candy!« rief ein Kind. »Guckt doch mal!«

So, wie das Gespräch sie einbezogen hatte, glitt es wieder davon. Martha erschauderte leicht. Sie drehte langsam den Kopf und blickte konzentriert auf die Wand, als könne sie durch sie hindurch die Glocke sehen, die sie gefangenhielt.

Sie hörte ein gedämpftes Stapfen vor ihrer Tür und fuhr zusammen. Es war ein unachtsames Geräusch, gefolgt von einem weiteren Reiben an der Tür. Dann glitt der Riegel zurück.

»Ich bin's.« Switzers Stimme.

Martha setzte sich auf und zog die Knie an die Brust. Er kroch auf die Matratze und zog die Tür leise zu. »Waring hat mich vielleicht gehört. Ich konnte nicht sehen, ob er aufgewacht ist.« Er sprach leise und legte die Hand auf ihren Schenkel. »Ich habe etwas mitgebracht.«

Sie konnte ihn in der Dunkelheit nicht sehen, fühlte aber, daß er in sein Hemd griff. Sie fühlte etwas Glattes und Hartes auf ihrem Arm. »Was ist das?«

»Ein Apfel. Wir können ihn uns teilen. Ich habe diesmal nur einen auftreiben können.«

Sie biß ein paarmal begierig zu und begriff, daß sie ihre Hälfte schon gegessen hatte. Zögernd schob sie ihn herüber. Ihr Mund fühlte sich von seiner Säure rauh und trocken an.

»Was hast du mit der Glocke gemacht?« fragte sie.

»Ich habe den Klöppel mit Stoff umwickelt.« Er suchte mit seiner Hand nach der ihren und drückte das Kerngehäuse hinein. Martha aß es. Er rieb kleine Kreise auf ihren Schenkel.

Sie zog sich das Hemd über den Kopf und prallte mit den Ellbogen gegen die Kisten hinter ihr. »He, Switzer.«

»Was?« Es klang danach, als würde auch er sich ausziehen.

»Hast du gewußt, daß man meinen Daddy nach Dakota geschickt hat?«

»Ja.«

»Warum hast du mir nichts gesagt?«

Er schwieg.

»Ist er tot oder nicht?«

»Keine Ahnung«, sagte er. »Ich habe zum erstenmal von ihm gehört, als Jenny gestern von ihm gesprochen hat. Ich wollte es für dich herausfinden. Jenny können wir natürlich nicht fragen. Sie weiß, daß du ihm dann folgen würdest.«

»Warum hast du mir nichts gesagt?« fragte sie. Ihre Stimme hob sich.

»Psst!« Er schwieg einen Augenblick. »Ich wollte warten, bis ich ganz sicher war, um keine falschen Hoffnungen in dir zu wecken. Und dann dachte ich, wir könnten ein paar Vorräte organisieren und... Na ja, ich will mit dir gehen.«

»Mit mir? Nach Dakota! Warum?«

»Weil ich es will.«

»Na klar«, sagte sie, »*jeder* will nach Dakota.«

»Warte nur ab. Ich habe dir einen Apfel besorgt. Ich kann noch viel mehr. In ein paar Tagen, höchstens einer Woche, haben wir alles, was wir brauchen.« Er hielt inne. »Ich habe gewußt, daß du ihm folgen willst. Ich hätte es dir bestimmt gesagt.«

Sie glaubte ihm. Seine Stimme klang so eifrig. Er hatte ihr zuvor erzählt, daß er schon ein wenig herumgereist war; er würde einen guten Begleiter für die Straße abgeben. Er rückte langsam näher an sie heran, und sie stimmte ihre Bewegungen auf die seinen ab, bis sie auf der flachen Matratze nebeneinander lagen.

Sie konnte sich den Weg nach Dakota vorstellen; ihr Leben lang hatte sie die Leute davon sprechen hören. Obwohl der Frühling vor der Tür stand, würde es schwer werden. Glasharter Schnee bedeckte selbst die vielbereisten Gebiete. Offene Ebenen erschwerten es, ohne Tauschgüter zu reisen, mit denen sich man bei denen, die von den Reisenden lebten, eine sichere Passage erkaufen konnte.

Ich werde Nahrung brauchen, dachte sie und fühlte, wie Switzers Haut die ihre berührte. Er war warm.

Sie sah ihn neben ihr, wie sie durch den Schnee trotteten. Er sprach von Zeiten, da die Technik ihr Elend überwinden würde und jeder eine Unterkunft und genug zu essen hatte. Er war gelassen und ruhig und blickte voll freudiger Erwartung Dingen entgegen, die sie nicht sehen konnte. Und verletzlich, weil sie ihn in einem passenden Augenblick neben sich im weißen Licht des Schnees und der Sonne hatte. Aus dem Mantel zog sie die Axt, die er ihr geborgt hatte.

Sie grub die Fingerspitzen in seine Schultern. Er war nicht mager. Überall, wo er sie berührte, flammte er auf. Nie zuvor war ihr so warm gewesen, daß der Schweiß wie Nebel über ihren Poren schwebte. Ihr Atmen, die Küsse und die gedämpften Stimmen wurden zum Geheimnis zwischen ihnen.

Sie durchtrennte seine Halsschlagader problemlos mit der Axt und härtete sich gegen den Ausdruck des Betrogenseins ab, der zu seiner Todesmaske geworden war. Ihre Finger preßten die Wunde zusammen, als er fiel, so daß das Blut in das Gewebe floß, statt verschwenderisch auf den Schnee zu sprudeln.

Nie zuvor hatte ihr Körper sie derart verwirrt. Ein Gefühl überkam sie, das besänftigend gewesen wäre, wäre es nicht so fordernd gewesen, hätte es sie nicht zu etwas andrem getrieben...

Als die Blutung zum Stillstand gekommen war, schleppte sie ihn am Mantelkragen von der Straße hinter ein Gebüsch, wo sie schnell Steine sammelte und ein Feuer anzündete. Sie erhitzte die Axt in den Flammen, bis sie zischte, als sie sie am Schnee testete. Mit einem Schlag würde sie das durchtrennte Fleisch kauterisieren. Zuerst die Arme, ein paar Schläge, bis sie die Ellbogen- und Schulterpfannen lösen konnte. Dann die Kniekehlen, dann die Schenkel an den Hüften...

Ihr Atem ging völlig unkontrolliert. Switzer machte ein Geräusch, das sich wie ein Weinen anhörte, doch sie fühlte sein Gesicht an dem ihren, und es war trocken.

»Martha«, sagte er weich. Er sprach ihren Namen nicht, um sie zu ermahnen, ihre Aufmerksamkeit zu erregen oder sie zur Ordnung zu rufen. Seit langer Zeit hatte niemand mehr auf diese Weise ihren Namen gesprochen, und damals auch nur eine andere Person.

Als sie einschlief, dachte sie an ihren Vater.

Sie erwachte, aber mit dem Gefühl, daß sie erst sehr viel später wieder würde schlafen können.

Diese Nacht war nicht die ihre; sie gehörte den Menschen, deren schlafende Anwesenheit sie zu zermalmen drohte. Etwas zwang sie, die Körperhaltung beizubehalten, die die Träume für sie geschaffen hatten, bis das Geräusch eines Schlafenden sie von der Stille befreite.

Mit der ihr eigenen Behutsamkeit löste sie Switzers Finger von ihrem Haar, kleidete sich an und öffnete vorsichtig die Tür.

Die Glocke schlug gedämpft an.

Sie blieb einen Augenblick wartend stehen. Niemand bewegte sich. Sie tastete sich zur Diele und suchte Switzers Mantel. In der Tasche die Schleuder; im Futter die Axt.

Sie war hungrig. Sie hielt die Axt in der Hand und stand in der Dunkelheit.

»Die Leute sind dumm und gierig, wenn sie Hunger haben«, hatte Switzer zuvor gesagt. Sie dachte daran, wie er ihren Namen gesprochen hatte, und sie wußte, wozu der Hunger sie treiben würde. Er war eine gewisse Wärme in ihrem Leben, aber sie würde sie nicht bis zur Neige auskosten.

Leise entriegelte sie die Tür und verließ in seinem Mantel das Haus.

TANITH LEE

La reine Blanche

Die Weiße Königin wohnte in einem bleichen Turm, hoch oben in einem schattigen Garten. Man hatte sie dort drei Tage nach dem Tode ihres königlichen Gatten eingesperrt. Ein solches Schicksal war von alters her üblich für bestimmte königliche Witwen. Zwischen dem üppigen Pflanzenwuchs des dunklen Gartens erhoben sich überall ähnlich bleiche Türme, in denen ähnliche Weiße Königinnen seit Jahrhunderten eingemauert waren. Die meisten Gefangenen waren mittlerweile gestorben. Gelegentlich behaupteten Reisende auf der Straße tief unten, ein oder zwei verschwommene, skeletthafte Gestalten gesehen zu haben – oder geglaubt zu haben, sie zu sehen –, die in seniler Verwirrung blind durch die hohen, schmalen Fenster – andere Fenster gab es in diesen Türmen nicht – über die Kronen der Bäume hinweg zu den fernen Spitzdächern der Stadt spähten.

Die neueste Weiße Königin jedoch war jung. Sie war erst zwanzig gewesen, als sie den König geheiratet hatte, der einhundertundzwei Jahre zählte. Man hatte damit gerechnet, daß er wenigstens noch ein Jahrzehnt in voller Blüte überdauern würde, und er hatte das Heiraten hinausgeschoben, bis es absolut unumgänglich war. Doch kaum hatte er sie gesehen, wurde er aschgrau. In der Hochzeitsnacht war er über die perlenbestickten Schuhe seiner Frau gestolpert, die sie im Boudoir abgelegt hatte – ein Symbol der bevorstehenden Glückseligkeit –, und das Schicksal hatte ihn ereilt. Er verstarb eine Stunde später, nicht einmal zu den nackten Füßen seiner Frau, sondern nur am Fuß des Ehebettes. Jungfrau, Eheweib und Witwe zugleich, wurde die junge Königin in ein Gewand gekleidet, das weißer als Milch war. Man zog ihr eine milchweiße Haube – wie die einer Nonne – über den Kopf und setzte ihr die Alabasterkrone der Trauer auf. Mit einer langstieligen weißen Rose in der Hand durfte sie der Totenbahre ihres Gatten ins Mausoleum folgen. Danach wurde sie bei Kerzenlicht zu dem schattigen Garten hinter der Stadt gebracht und in einen leeren Turm geführt. Er enthielt eine unfraglich königliche, aber dennoch kahle Zimmerflucht. Sie durfte mit niemandem Umgang haben und wurde auf unsichtbare Weise bedient. Die Dinge, die sie benötigte – Nahrung und Wein, Öl für die Lampen und sauberes Leinen – wurden heimlich gebracht und in Körben und Truhen für sie zurückgelassen, die eine Zugvorrichtung auf einen Fingerdruck hob und senkte.

Hier also, und auf diese Weise, würde sie nun leben, bis sie starb.

Ein Jahr verstrich. Es hätten fünfzig sein können. Frühling, Sommer und Herbst huschten über den Garten und staubten ihn kaum mit ihren Farben ein. Die schattenspendenden Bäume veränderten sich nicht. Die einzigen kalten Steinblüten, die der Garten je vorgebracht hatte, waren die Türme selbst. Nicht einmal, als der Winter kam, veränderten sich die Bäume. Doch schließlich fing es an zu schneien. Der Schnee fand den unveränderten Garten vor, bedeckte ihn und färbte ihn so weiß wie das Gewand der jungen Königin.

Sie stand an ihrem Fenster und beobachtete den Schnee. Sonst war nichts zu sehen, abgesehen von dem niedrighängenden, malvenfarbenen Himmel. Dann fiel eine schwarze Schneeflocke aus dem Himmel. Sie senkte sich auf die Fensterleibung. Ein Rabe betrachtete die junge Königin durch das Glas des Fensterflügels. Er war schwärzer als die Mitternacht, so lebhaft anders, daß er sie erschreckte, und sie einen halben Schritt zurücktrat.

»Sanfte Blanche«, sagte der Rabe, »habt Mitleid und laßt mich hinein.«

Die Weiße Königin schloß die Augen.

»Wieso kannst du sprechen?« rief sie.

»Wieso«, sagte der Rabe, »könnt Ihr verstehen, was ich sage?«

Die Weiße Königin öffnete die Augen. Sie trat zurück an die schmale Fensterscheibe.

»Der Winter ist mein Feind«, sagte der Rabe. »Er verfolgt mich wie der Tod oder das Alter, ein Mörder mit einem Schwert. Schöne Blanche, gewährt mir Schutz.«

Teils aus Angst, teils, weil sie nicht anders konnte, öffnete die Weiße Königin das Fenster, und die schreckliche Kälte stob hinein und füllte das Zimmer aus. Dann flog der Rabe hinein, und das Fenster wurde geschlossen.

Der Rabe setzte sich wie ein Feuerhund aus Pechkohle vor den Herd.

»Vielen Dank«, sagte er.

Die Weiße Königin brachte ihm eine Schüssel Wein und etwas kaltes Fleisch, das noch am Knochen hing.

»Nochmals vielen Dank«, sagte der Rabe. Er aß und trank gesittet.

Die Weiße Königin, die in ihrem Sessel saß, beobachtete ihn erstaunt und schweigend.

Als der Rabe das Mahl beendet hatte, putzte er sich das Gefieder. Seine Augen waren schwarz, und sein Schnabel wie ein schwarzer

Dolch. Er war überhaupt so schwarz, daß die Weiße Königin meinte, er müsse innen genauso schwarz sein wie außen, selbst Knochen wie Ebenholz und Blut wie Tinte haben.

»Und nun«, sagte der Rabe, »erzählt mir, wenn Ihr wollt, von Euch.«

Und so erzählte die Weiße Königin – sie hatte sonst niemanden, mit dem sie sprechen konnte –, wieso sie hier war, erzählte von ihrer Hochzeit und ihrem einhundertundzwei Jahre alten Gatten, und wie sie seiner Leiche mit der weißen Rose in der Hand gefolgt und des Nachts im Kerzenschein hierher gebracht worden war, und wie es war, seit die Kerzen verschwunden waren. Es war so lange gewesen. Fünfzig Jahre, oder ein endloses, unendliches Jahr.

»Wie ich angenommen habe«, sagte der Rabe, »ist Eure Geschichte traurig, düster und interessant. Soll ich Euch nun dafür erzählen, was ich von der Stadt weiß?«

Zitternd und bedächtig nickte die Weiße Königin.

»Es gibt wieder einen König im Palast«, sagte der Rabe. »Er hat die Wände streichen und die Erker mit Drachen, Greifen und Schwänen verzieren lassen. Er liebt die Musik, den Tanz und alle schönen Dinge. Er selbst ist jung und stattlich. Er sucht seit vielen Monaten eine Frau. Man hat ihm aus benachbarten Königreichen Bilder und Beschreibungen gebracht. Keine ist ihm gut genug. Die Mädchen sind zu dick oder zu dünn, zu groß, zu klein, nicht ernsthaft genug, zu ernsthaft. Er schickt geringschätzige Botschaften zurück und bricht den Mädchen die Herzen. Es hat Selbstmorde unter den Abgewiesenen gegeben. Er selbst hat ein Bild des Mädchens gemalt, das er will. Schlank und bleich, mit einem Mund, der zum Lächeln geschaffen wurde, und Augen, die Leid enthalten haben wie die Kelche zweier kalter Blumen den Regen. Ich habe dieses Portät gesehen«, sagte der Rabe. »Ihr selbst seid es.«

Die Königin lachte. Sie warf ein Quentchen Weihrauch ins Feuer, um den Raum mit seiner Süße zu erfüllen und sich so selbst Trost zuzusprechen.

»Wie grausam du bist«, sagte sie, »wo ich doch versucht habe, freundlich zu sein.«

»Ganz und gar nicht. In sieben Stunden wird Mitternacht sein. Habt Ihr nicht vermutet, daß ich der Cousin der Mitternacht bin? Sie kann daher manchmal etwas für mich tun. Und Ihr wart freundlich, wie Ihr sagt. Ich bin nicht mehr durchfroren und hungrig. Darf ich nun an Euerm Herzen schlafen, schöne Blanche?«

Die Weiße Königin seufzte ihre Zustimmung.

Hinter dem Fensterflügel vertiefte sich die Düsternis des Schnees, und im Herd wurde das Feuer dicht und gab große Hitze ab. Der Rabe schien dort zu einem Schatten zu schmelzen. Bald dachte seine Gastgeberin, sie habe alles geträumt, obwohl das benutzte Geschirr dort noch stand, dumpf leuchtend im Zwielicht.

Zu Mitternacht erwachte sie, vielleicht aus dem Schlaf, und sie war nicht länger mehr im Turm. Ein Jahr lang hatte er sie beherbergt, war die ganze Welt gewesen, die sie kannte. Nun war sie frei – aber wie?

Sie schritt über den Schnee, fühlte die Kälte aber nicht durch ihre schmalen, dünnen Schuhe. Ein Mond, die verdammte weiße Witwenkönigin des Himmels, strahlte im Westen und erhellte den Weg hinter den Mauern des Gartens, hin zu schnurgeraden Straße, die zur Stadt führte. Obwohl die Tore geschlossen waren, trat Blanche schnurstracks durch die verputzten Mauersteine. Da wußte sie es. »Dies ist nur ein Traum.« Und verbittert und sehnsüchtig lachte sie erneut. »Einem Träumer ist alles möglich. Wenn dies des Raben Geschenk ist, will ich froh darüber sein.«

Kaum hatte sie diese Worte gesprochen, erspähte sie ein Gefährt auf der Straße, das dort zu warten schien – und auf wen, wenn nicht auf sie? Als sie nähertrat, sah sie, daß es sich um eine wunderschöne Charrette handelte, behängt mit weißem Satin, und mit silbernen Mustern auf den Türen, die wie Lilien oder vielleicht auch gebogene Federn aussahen. Weiße Pferde in vergoldeten Schabracken mit Glocken und Quasten zogen die Kutsche, doch niemand lenkte oder führte sie.

Dennoch trat die Weiße Königin ein und nahm Platz. Augenblicklich fuhr die Kutsche los.

Alsbald warf sie einen scheuen Blick auf sich. Ihr Trauergewand war verschwunden. Die weiße Seide ihrer Robe war mit den bleichsten Rosen und Saphiren bestickt und eingesäumt. Ihre Schuhe waren mit Perlen vernäht. Ihr Haar umfloß sie, das Haar einer Jungfrau, schwer, gelockt und mit Moschus und Oleander parfümiert. Ein Kranz aus pastellfarbenen Orchideen ersetzte die Alabasterkrone der Witwenschaft und des lebendigen Todes.

»Und es sind Mondsteine an meinem Hals und silberne Ringe an den Fingern. Und wie die Glocken in der kühlen Nachtluft klingeln und singen.«

Sie kamen in die Stadt durch die Tore, ohne angehalten zu werden, durch dunkle enge Gassen und breite Prachtstraßen, auf denen Fackeln flackerten und Lampen wie goldene Früchte an breiten Fenstern und umzäunten Balkonen hingen.

Den gleichen Weg war Blanche auch an ihrem Hochzeitstag gefahren. Man hatte sie von Anfang an gewarnt, der König sei alt und nicht leicht zu ertragen, doch dies hatte weder ihren Stolz noch ihre Freude gedämpft. Bis sie ihn auf den Treppenstufen sah, die ihr so hoch erschienen wie ein Berg, und ihre Hand in die seine aus knorrigem Holz und trocknem Papier legte. Er hatte sie mit erschreckender Lust angestarrt und an seinem Hals gefummelt, um leichter atmen zu können. Doch nun wünschte sie zu vergessen, und sie vergaß. Alles war neu, und frisch.

Im Schloßhof blieb die Charette stehen. Blanche verließ die Kutsche. Sie blickte sich um und sah die neugeschaffenen wunderbaren Greifen, Schwäne und Drachen auf den kleinen Türmchen, auf denen die Banner des Königs wie kleine weiche Bänder wehten. Ein jedes Fenster war erhellt, ein Obstgarten von Fenstern, Pfirsich und Kirsche und Maulbeere.

Die Wachen auf der Treppe blinzelten, hielten sie aber weder auf noch grüßten, als sie zwischen ihnen die Stufen emporschritt. Einige holten tief Luf, einige starrten sie an, einige sahen sie nicht. Und einige bekreuzigten sich.

Die Türen schwangen geräuschlos auf. Oder wenigstens glaubte sie dies. Sie durchquerte mehrere lampenerhellte Räume zu einer mondgetünchten Wandelhalle, wo nur Glühwürmchen und Springbrunnen flackerten und Nachtigallen Lieder sangen, die wie die Melodien der Sterne klangen. Am Ende der Wandelhalle sah Blanche, die Weiße Königin, einen goldenen Salon, der nur schwach von Kerzen erhellt wurde. Sie hatte den Weg gekannt.

Als sie eintrat, fand sie den jungen König vor, von dem der Rabe ihr erzählt hatte. Er war so dunkel, wie sie bleich war, sein Haar so schwarz wie der Ast eines Baums gegen den Schnee. Er war in der Tat stattlich. Und sie verspürte einen plötzlichen, nagenden Schmerz der Liebe, und einen weiteren der Verzweiflung, wenn auch keinen der Überraschung.

Er erblickte sie sofort und sprang auf.

»Gibt es dich wirklich?« fragte er. Seine Stimme klang wie Musik und schwang zwischen Entzücken und Zorn.

»Nein«, sagte Blanche. »Ich bin ein Traum. Der meine oder der deine.«

»Du bist ein Gemälde, das zum Leben erwacht ist.«

Blanche lächelte. Der Rabe, der sicher ihr Peiniger sein sollte, hatte die Wahrheit gesprochen. Oder dies war für jetzt die Wahrheit.

»Ich hätte mein ganzes Leben auf dich gewartet«, sagte er. »Und da du vielleicht nicht wirklich bist, muß ich womöglich noch immer warten. Nachdem ich dich gesehen habe, kann ich nicht anders. Außer, du entschließt dich, zu bleiben.«

»Ich glaube, ich darf bis zum Sonnenaufgang bleiben. Mit scheint, daß ich im Bunde mit der Dunkelheit stehe. Also bis zur Dämmerung.«

»Weil du ein Geist bist.«

Blanche schritt durch den goldenen Glanz zu ihm und legte ihre Finger in seine ausgestreckte Hand.

»Du bist aus Fleisch und Blut«, sagte der König. Er beugte sich vor und küßte stumm ihre Lippen. »Warm und freundlich und lebendig. Selbst, wenn du ein Traum bist.«

Eine Stunde lang unterhielten sie sich. Musiker wurden herbeigerufen, und ob sie sie sahen oder fürchteten, oder was immer sie auch dachten, sie spielten, und die junge Königin und der junge König tanzten über den gekachelten Boden. Und sie tranken Wein und lustwandelten zwischen Rosen und Skulpturen und Uhren und Geheimnissen, und so kamen sie schließlich zu den Privatgemächern, zu einem wundervollen Schlafzimmer. Und hier legten sie sich nieder und waren einander Geliebte, herrlich und heftig und voller Entzükken, und voller Bedauern, denn es war ein Traum, wie süß und wahr er auch sein mochte.

»Wirst du zu mir zurückkehren?« fragte er.

»Mein Herz würde es wünschen. Ich glaube jedoch nicht, daß es mir möglich sein wird.«

»Dennoch werde ich auf dich warten. Vielleicht nimmst du wieder eine sterbliche Gestalt an. Denn dies ist zu schön, um es zu glauben.«

»Warte nicht lange«, sagte Blanche. »Das Warten ist ein Gefängnis.« Aber sie wußte, daß diese Worte vergeblich waren.

Genau in diesem Augenblick sang ein Vogel drüben im Palastgarten. Es war keine Nachtigall.

»Laß mich nun gehen, mein Geliebter«, sagte Blanche. »Ich muß augenblicklich aufbrechen. Ich habe Angst davor, was die Sonne mir vor deinen Augen antun könnte.«

»Ach«, sagte er.

Er hielt sie nicht auf.

Blanche legte schnell ihre Gewänder an, selbst den Orchideenkranz, der kein Anzeichen von Verfall aufwies. Sie befestigte ihre Juwelen am Hals. Auf den Fensterscheiben lag eine frostige Schicht, die nicht die Sterne und der untergehende Mond darauf gelegt hatten. »Adieu«, sagte sie. »Leb wohl. Denke nicht, nicht an mich.«

Blanche floh aus der Kammer und durch den Palast, dessen Räume nun alle dunkel waren, durch den stillen Wandelgang, die äußeren

Salons, die Treppe hinab. Im Schloßhof warteten die Charrette und die Pferde, doch sie waren nun halb durchsichtig. Diesmal hatte keine Wache sie vorbeieilen sehen. Als sie weiterhastete, fiel ihr ein, daß sie ihre perlenbestickten Schuhe vergessen hatte. Sie fühlte nur glatte Pflastersteine unter den Füßen – dort lag kein Schnee, und nun kam ihr in den Sinn, daß nirgendwo in der Stadt und auch nicht im Palast welcher gelegen hatte.

Die Kutsche fuhr los. Sie flog wie der Wind, oder eine Brieftaube, ins Antlitz der Dämmerung. Und als die Dämmerung durchschien, fiel die Kutsche auseinander wie silberne Asche. Die fröhliche Klinge der Sonne durchbohrte ihr Herz. Und sie erwachte allein, in dem Stuhl vor dem kalten Herd, in dem bleichen Turm, in dem schattigen Garten. Wie sie es gewußt hatte.

»Grausamer Rabe«, sagte die Weiße Königin, als sie Fleischbrocken und Brotkrümel auf der Fensterbank ausstreute. Sie war voller Schmerz und Steifheit, und was sie tat, ließ ihr bang ums Herz werden. Sie glaubte nicht, daß er zurückkommen würde. Der Wintertag war verstrichen, oder war es der ganze Winter, der verstrichen war? Der Schnee verblich zwischen den Schattenbäumen. Die Weiße Königin sah aus ihrem schmalen Fenster und atmete tief ein, ohne sich dadurch Erleichterung zu verschaffen. »Der Frühling wird kommen«, sagte sie. »Aber kein Frühling mehr für mich.«

Sie drehte sich um und ging zu ihrem Stuhl zurück. In der weißen Nonnenhaube, unter der Alabasterkrone, glich ihr Gesicht einem geschnitzten Knochen, die Augen tief eingesunken, die Wangenknochen und Lippen. Ihre Hände waren wie schlanke Bündel aus bleichem, getrocknetem Reisig. Als sie sich setzte, knackten und ächzten ihre Glieder und bereiteten ihr Schmerzen. Tränen wallten in den versunkenen Teichen ihrer Augen. Sie waren keine Blüten mehr, die den Regen sammelten.

»Ich bin alt«, sagte die Weiße Königin. »In einer Nacht wurde ich es. Oder waren es fünfzig Nächte, hundert Nächte, die nur wie eine erschienen?« Sie rief sich den jungen König in Erinnerung, und sein rabenschwarzes Haar. Sie weinte ein wenig, wo sie früher über den bitteren Scherz gelacht hätte. »Er würde mich verhöhnen. Keine Zauberei mehr, und keine Demoiselle der Träume. Ich werde ihn mit Abscheu erfüllen. Er wünscht bestimmt, ich wäre tot, damit er frei von mir ist.« Sie schloß die Augen. »Wie ich wünschte, mein eigener alter Gatte wäre tot, weil ich glaubte, selbst dieser bleiche Turm könnte nicht schlimmer sein als die Ehe mit einem solchen Geschöpf.«

Als die Weiße Königin wieder die Augen öffnete, stand der Rabe wie ein Tintenklecks im offenen Fenster.

»Sanfte Blanche«, sagte der Rabe, »laßt mich ein.«

»Du bist drinnen«, sagte sie. »Mein Herz ist voll von dir, du böser Zauberer. Ich gab dir zu essen und zu trinken und Unterkunft, und du tatest mir übel, und vielleicht auch einem anderen. Ja, natürlich auch einem anderen.«

»Ihr, meine Dame, habt mir eine Geschichte erzählt. – Nun«, sagte der Rabe, »werde ich Euch auch eine erzählen.

Vor langer Zeit«, sagte der Rabe, »gab es eine Maid von hoher Geburt. Ihr Name war Blanche. Sie hätte leicht in viele der großen Häuser einheiraten und junge Männer ehelichen können, die ihresgleichen waren. Doch man sagte ihr, daß sie auch eine Ehe mit dem König eingehen und das ganze Königreich beherrschen könnte. Er war alt, verfallen und närrisch, und man warnte sie davor. Aber Blanche gab nichts darum. Laß mich einwilligen; er wird bald sterben, dachte Blanche. Dann werde ich Regentin seines Nachfolgers sein und noch immer über das Land herrschen.«

»Oh«, sagte die Weiße Königin, »ich erinnere mich.«

»Doch als Blanche dem König zur Frau gegeben wurde«, sagte der Rabe, der wie eine Gargoyle aus schwarzer Kohle auf dem Herd saß, »und ihn sah und berührte, verließ sie der Mut. Doch da war es zu spät. Sie wurden zu ihrem Bett geführt, und die Priester segneten es. Als der König sich entkleidet hatte, stolperte er über Blanches Schuhe, glitt aus und fiel. Als seine Diener ihn wieder zu sich brachten, murmelte der alte Monarch seltsame Worte. Er hatte vor achtzig Jahren von einem Mädchen wie Blanche geträumt. Oder aber, es war ein Geist, der ihn besucht hatte. Das Mädchen seiner Träume war sein Weib für eine Nacht gewesen, und er hatte sie seitdem stets angebetet, sich zu heiraten geweigert und nur darauf gewartet, daß seine Geliebte zu ihm zurückkehrte. In seiner Jugend war er wie von Sinnen gewesen, zehn volle Jahre lang, war der unheimlichen Besucherin gefolgt und hatte die Erde auf der Suche nach seiner Geisterbraut bereist. Er hatte sogar Gräber ausheben und einbalsamierte Leichen ausgraben lassen, um zu sehen, ob eine davon seine Geliebte sein könnte. Selbst als der Wahnsinn von ihm abgefallen war, wartete er, sein ganzes Leben lang. Und es schien, daß Blanche, die er nun geheiratet hatte, das Abbild seiner Geisterbraut war – und wie sie ihre perlenbestickten Schuhe liegengelassen hatte.«

»Ja«, sagte die Weiße Königin, »ich erinnere mich.« Sie lehnte den Kopf auf ihre Hand, auf das Handgelenk, das so dünn wie ein Stock war.

»Doch Blanche«, fuhr der Rabe fort, »hörte kaum auf das Gemurmel ihres senilen Gatten. Sie lag schaudernd und entsetzt auf den Seidenlaken. Sie dachte, er ist hinfällig und schwach und schnell erschöpft, und so schnell zu vernichten. Als die Diener und die Priester gegangen waren, kniete sie sich auf das Brautbett und verhöhnte und beschimpfte ihren alten Gatten. Ihre Zunge war spitz vor Ehrgeiz und Abscheu. Sie brach ihm das Herz. Er starb am Fuß des Bettes.«

»Ich rief einmal um Hilfe«, sagte Blanche. »Ich dachte, man würde mich freisprechen. Aber es scheint, jemand ist geblieben, um zu lauschen, und hat alles gehört. Für eine bestimmte Art von Mord, den Mord einer Königin an ihrem König, ohne daß ein Gebräu gekocht oder ein Schlag geführt wird, ist dies die Strafe. Lebendig bis zum Tod eingekerkert in einem Turm in einem Friedhofsgarten. Eine Weiße Königin, eine Mörderin. Ich werde bestraft. – Warum«, sagte die alte Weiße Königin, »ist das Schicksal so böswillig? Und bist du das Schicksal? Wenn ich ihn getroffen hätte, wie er in dieser Nacht war, jung und stark, stattlich und klug, wie hätte ich ihn nicht lieben können? Doch wurde ich achtzig Jahre zurückgeschickt, um ihn zu verletzen, wie ich ihn achtzig Jahre in der Zukunft verletzen würde. Und wie er mich verletzt hat.«

»Du warst seine Strafe«, sagte der Rabe. »Sein Stolz und seine eigene böse Zunge hatten Herzen gebrochen, so wie das seine brechen würde. Er wollte nur Perfektion hinnehmen, eine einzige Art von Perfektion, und war allen anderen gegenüber unnachsichtig. So kam diese Perfektion zu ihm, und er verlor sie wieder. Er hätte den Traum immer noch aufgeben können, wollte es aber nicht. Er wartete, bis er einhundertundzwei Jahre zählte, um ein Mädchen von zwanzig Jahren zu beanspruchen, wozu ihn, selbst dann noch, sein blinder, alles unterjochender Stolz trieb. Er kam ihn teuer zu stehen.«

»Während ich für meine Verderbtheit bestraft wurde, einzuwilligen und sein Leben zu vergeuden, wo ich woanders hätte glücklich sein und er seine alten Tage in Frieden beschließen können.«

»Jeder des anderen Strafe und Untergang«, sagte der Rabe. »Wie vielleicht jeder wußte, daß es so sein muß.«

»Und du«, sagte sie, »bist der Engel eines züchtigenden Gottes. Oder der Teufel.«

»Weder noch«, sagte der Rabe. »Sollten wir uns nicht selbst züchtigen, damit wir lernen?« Er flog zur Fensterbank. Hinter dem Turm waren die Bäume dunkel wie immer, erhoben sich die Spitzen der anderen düsteren Türme wie immer. Aber der Himmel erstrahlte in blauem Glanz. Hinter der Mauer war es Frühling.

»Trotz aller Sünden und Torheiten«, sagte der Rabe, »liebe ich dich noch immer und habe auf dich gewartet, sanfte, schöne Blanche. Und du hast, ob du nun wolltest oder nicht, in deinem Knochenturm auf mich gewartet, und letztendlich wie anfangs warst du freundlich.«

Die Weiße Königin weinte. Ihre Tränen waren wie Perlen.

»Laß uns«, sagte der Rabe, »eine kleine Weile in Freiheit und Unschuld zusammen sein.«

»Oh, wie kannst du sprechen?« rief sie.

»Oh, wie kannst du verstehen, was ich sage?«

Dann verließ die Weiße Königin ihren Stuhl. Sie verließ ihren Körper, die Knochen und das alte bleiche Blut, denn sie war nun innen und außen weiß. Sie flog empor zum Fensterrahmen. Aus den Gefängnistürmen kamen nur die Seelen von Träumern oder die Schwingen von Flügeln hinaus. Wie Pfeile flogen zwei Raben in den Himmel empor, der eine schwarz wie Pech, der andere weiß wie Schnee, und zusammen flogen sie über die Bäume davon, über die Mauer, die Straße, die Stadt, die Welt, hinein in den Frühlingshimmel.

Hope Athearn

Antikes Dokument

(Entdeckt bei Ausschachtungsarbeiten für einen Bombenbunker auf einem überbevölkerten Planeten)

Als sich dies öde Land, die neue Heimat,
Hob, um die Mayflower III zu begrüßen,
Kannten wir Verzweiflung. Grauer Sand und ein
Gebirge, schwer und schroff. Nichts Vertrautes wuchs.
In der Ferne speisten Flüsse, stumpf wie Dung,
Einen Ozean wie aus geschmolznem Zinn.
Das Schiff setzte donnernd in der Öde auf.
Dann Schweigen, wo nie jemals Vögel sangen.

Lindre den steten Schmerz in meinen Händen,
Meinem Rücken. Halte mich fest heut abend,
In diesem Zwischenspiel vor dem Erwachen.
Ich träume von lachenden Kindern, weißem
Linnen und Sahne. Zu bald wird der neue
Tag uns wecken, das Korn von morgen zu sä'n.

Julie Stevens

Meilen zu gehen, bevor ich schlafe

Die größten Errungenschaften der Menschheit wurden nicht in der erfrischenden Atmosphäre von Ebenen, Wüsten, Wäldern und Bergen entworfen und verwirklicht, sondern in den engen, lärmenden und stinkenden Städten.

Eric Hoffer

Cheyenne las den Satz mehrmals und fragte sich, ob die in die Granitklippe über der Thomas-Creek-Schlucht eingemeißelten Worte ein besonderes Zitat oder das Geschwafel eines Passanten namens Eric Hoffer darstellten. Teile der eingehauenen Buchstaben wurden von weißen Kritzeleien aus einer Sprühdose verunstaltet, die Erlösung versprachen, sollte der Verfasser bereuen.

Cheyenne seufzte vor Frustration, die einerseits von der Rührseligkeit des zweiten Schreibers hervorgerufen wurde und andererseits von der unabänderlichen Tatsache, daß die Thomas-Creek-Brücke für Automobile unpassierbar war. Nachdem sie über die beiden verbliebenen Betonständer zurückgesetzt hatte, wendete sie ihren Mustang, hinterließ einen Zettel auf dem Lenkrad, auf dem sie dem nächsten Reisenden erklärte, wie er die Methankanister im Kofferraum anschließen konnte, und legte die Schlüssel ins Handschuhfach. Dann kratzte sie in der Kurrentschrift, die nur von Stadtbewohnern benutzt wurde, vorsichtig ihren Namen und Bestimmungsort unter die Motorhaube: *CHEYENNE WYO, DES MOINES CITY*.

Sie warf sich den Rucksack auf die Schultern und schickte sich an, die Tragbalken zu überqueren. Wenigstens gab es begehbare Überreste. Hundert Meilen hinter ihr war die Brücke über den Silver Canyon völlig zerstört worden. Es hatte sie zwei Extratage gekostet, die Schluchtwände hinab- und auf der anderen Seite wieder hinaufzusteigen. Ihr einziges Fortbewegungsmittel auf der anderen Seite war eine kleine italienische Vespa gewesen, die sich als unhandlich und unbequem erwiesen hatte. Als sie den 92er Mustang entdeckt hatte, hatte sie sie sofort stehengelassen. Sie lobpreiste ihr Glück und vermied die Überlegung, warum der Vorbesitzer den Mustang aufgegeben hatte. Die letzte Eintragung auf der Motorhaube lautete: *TOM MENDELSON, HÖLLE*. Auf dem Rücksitz hatte sie eine Schachtel mit Zeichenblöcken gefunden; jede Zeichnung war datiert und signiert. Sie waren nicht besonders gut, das Werk einer zwar talentierten, aber ungeübten Hand. Der Mustang stand in den Rockies, und Tom Mendelson, wer immer er war, hatte tausendfach Gelegenheit zu einem Sprung in den Tod gehabt.

Auf der östlichen Seite der Thomas-Creek-Schlucht fand Cheyenne eine ganze Reihe Fahrzeuge vor. Sie entschied sich für einen Jeep. Er hatte kaum noch Methan, und sie verlor kostbare Zeit, indem sie aus den anderen Wagen Treibstoff absaugte. Da sich bald die Dämmerung senken würde, entschied sie sich, die Reise an diesem Tag nicht mehr fortzusetzen. Nach einer Weile stieß sie auf einige vielversprechende Seitenstraßen, doch die, für die sie sich entschied, führte zu einem ruhigen Bach, der über eine felsübersähte Wiese floß. Sie rollte den Schlafsack auf dem Rücksitz des Jeeps aus und war in ein paar Minuten eingeschlafen.

Irgendwann in der Nacht hörte sie den Lärm von Motorrädern; sie entsann sich bisheriger Begegnungen mit anderen umherstreifenden Banden, zog den Revolver und wartete, bis das Getöse an ihr vorbeigezogen war und in der Ferne verhallte. Nicht mehr überzeugt, daß ihr Lagerplatz wirklich sicher war, döste sie dann und wann ein, ohne wirklich zu schlafen. Bei den ersten schwachen Sonnenstrahlen der Morgendämmerung machte sie sich auf dem Highway 80 wieder auf den Weg. Es herrschte nur wenig Verkehr auf der Schnellstraße, zumeist Farmerfamilien, die die gepflasterte Straße als Abkürzung von einer kleinen Gemeinde zur nächsten benutzten. Sie war sorgsam darauf bedacht, abzubremsen und den stämmigen Kindern mit den ernsten Augen zuzuwinken und ihre Eltern zu fragen, ob sie ein Stück mitgenommen werden wollten, aber sie war jedesmal dankbar, wenn sie ablehnten.

In Nebraska wurde sie kurz vor Sutherland von zwei Dorfrangern angehalten. Die Männer waren höflich, durchsuchten aber gründlich den Jeep und ihren Rucksack. Sie fanden die Marmeladen- und Geleegläser mit den Aufklebern *Für Omi Jean von Ann* und kauften ihr die vorfabrizierte Erklärung ab, ihr Ziel sei der Ort in Illinois, in dem ihre Großmutter wohnte. Sie beschwor sogar eine aufrichtige Atmosphäre der Trauer herauf, als sie die Geschichte zum besten gab, ihre beiden Brüder, die sie begleitet hatten, seien zwei Tage zuvor bei einem Steinschlag ums Leben gekommen, und daß der Revolver der einzige Teil ihrer Besitztümer war, den sie hatte retten können. Es war sinnlos, Argwohn zu erregen, indem man eingestand, allein zu reisen.

»Herzchen, behalten Sie die Knarre bloß. Sie werden sie vielleicht brauchen, bei den Stadttypen, die jetzt auf der Straße sind«, sagte der größere der beiden und half ihr, die Siebensachen wieder zusammenzupacken. Sein Partner gab ihr eine zerknitterte Methkarte von Sutherland. »Halten Sie an der Tankstelle in Sutherland und geben Sie sie Ed-Crenshaw. Er wird dafür sorgen, daß Sie das Meth kriegen, das Sie brauchen. Die Achtzig ist in Ordnung bis Grand Island, aber halten Sie nirgendwo an. Und achten Sie darauf, daß Sie Des Moines City umfahren. In der Stadt braut sich Übles zusammen, und das wird uns anständigen Bürgern noch genug Ärger bereiten.«

Sie nickte, dankte ihnen für die Methkarte und den Ratschlag und wagte kaum zu atmen, bis die beiden Männer wieder auf den Motorrädern saßen und gen Westen Staubspuren auf dem Highway aufwirbelten.

Die Begegnung ließ sie zittern. Die Ranger waren nett gewesen, nicht im geringsten furchterregend; und sobald sie erst zur Ansicht gekommen waren, daß sie eine anständige Frau war, auch hilfsbereit. Aber sie mußte sich immer wieder fragen, was geschehen wäre, wenn sie gewußt hätten, daß sie Cheyenne Wyo war. Der letzte Cheyenne war ein Schwarzer mittleren Alters mit einem blinden Auge gewesen. Er hatte ihr keine Einzelheit erspart, als er ihr erzählt hatte, daß die Bürger eines Dorfes wie Sutherland ihm das Auge ausgestochen hatten, als ihnen klar wurde, daß der Fremde in ihrer Mitte der Bürgermeister einer Stadt war. Der Gedanke an ihren Vorgänger war bedrückend. Er erinnerte sie nur zu gut daran, wie sie selbst wahrscheinlich enden würde – alt vor ihrer Zeit, ständig im Kampf gegen den Mythos, die Städte hätten die Große Feuersbrunst entfacht und wären für die anschließende bakterielle Kriegsführung verantwortlich. Dem Opfer die Schuld in die Schuhe zu schieben, war in der Psychologie ein altbekanntes Verhalten, doch wenn es bei den Überresten der Amerikanischen Staaten angewandt wurde...

Gedanken dieser Art verzweifelt verdrängend, hielt sie bei der einzigen Methtankstelle in Sutherland. Sie zog die Karte des Rangers hervor und lächelte den alten Mann an, der aus dem Haus humpelte, um sie zu begrüßen.

»Fürchte, ich kann Ihnen heute nicht helfen, Miß«, sagte er, nachdem er die Karte an sich genommen hatte. »Unsere Destillierkolben geben kaum mehr her, als wir für uns selbst brauchen. Wir haben seit gestern nachmittag kein Methan mehr, und Hank wird die neue Lieferung erst morgen fertig haben.« Er musterte sie taxierend. »Sie können sechs Häuser weiter fragen, ob die Reeds Sie für die Nacht aufnehmen. Bethie Reed ist meine Tochter, und eine gute Köchin.«

Cheyenne verfluchte insgeheim den fast leeren Methtank des Jeeps. Sie konnte die Einladung, in Sutherland zu bleiben, nicht ablehnen. Eine Weigerung hätte nur unnötigen Verdacht erregt. Sie zeigte sowieso schon zu viel Unabhängigkeit für ein anständig erzogenes Dorfmädchen.

»Danke. Ich muß ja irgendwo bleiben.«

Später, untergebracht in einem Schlafzimmer im zweiten Stock, lauschte Cheyenne, wie Bethie Reed in der Küche darunter summte. Sie war froh, daß sie sich zu bleiben entschlossen hatte.

»Das Wasser auf dem Herd ist heiß. Sie nehmen Ihr Bad am besten vor dem Essen«, sagte eine Stimme von der Türschwelle.

Cheyenne wirbelte herum und sah sich einem zierlichen Mädchen mit porzellanhaftem Teint gegenüber, das sie auf etwa fünfzehn Jahre schätzte. Das Mädchen betrat ungebeten das Zimmer und streunte herum, nahm die Gegenstände auf, die Cheyenne auf dem Bett verstreut hatte. Cheyenne fiel etwas auf, das sie nicht bemerkt hatte, als das Mädchen stillstand. Es war verkrüppelt; die Behinderung seiner rechten Hüfte wurde schmerzhaft deutlich, als es sich von einem Möbelstück zum anderen schleppte und dabei das Bein hinterherzog.

»Das ist hübsch«, sagte das Mädchen und betastete das Kleid, das Cheyenne auf dem Bett ausgebreitet hatte. »Ich trage immer sowas.« Es deutete auf den Rock aus bedruckter Baumwolle, der eng um die Taille lag, aber ihre dünnen, von blauen Adern durchzogenen Beine nicht verbarg.

Bevor Cheyenne antworten konnte, war Bethie im Zimmer; halb trug, halb schob sie das Mädchen hinaus. »Lassen Sie sich von meiner Cora nicht stören, Miß. Sie war krank, aber es geht ihr bald wieder besser.« Bethies braune Augen flehten sie an, diese Erklärung zu akzeptieren.

»Ich hoffe, du fühlst dich bald besser, Cora«, rief Cheyenne, als die Mutter das Mädchen auf den Flur brachte. Sie hörte, wie am anderen Gangende eine Tür zuschlug, gefolgt vom Klatschen einer Ohrfeige und dem unterdrückten Schrei des Mädchens.

Beim Abendessen war für Cora nicht gedeckt. Cheyenne überraschte dies nicht, nur, daß es den Reeds gelungen war, ein behindertes Kind so lange zu verstecken. Cheyenne City war voller Menschen wie Cora, die man als Kinder aus ihren Dörfern vertrieben hatte; wer nicht auf den Feldern oder in Läden arbeiten konnte, konnte sich kaum anderweitig nützlich machen. Ein Bruchteil dieser Ausgestoßenen schaffte es, sich in die nächste Stadt durchzuschlagen und in den Straßen unterzutauchen. Einige starben, einige wurden zu Verbrechern und zwei oder drei entlohnten die Stadt mit ihrer Kunst, ihrer Musik, ihrer Kreativität.

Acht Leute saßen am Eßtisch; Bethie am einen Ende und ihr Mann Cal am anderen. Dazwischen saßen ihre vier Söhne, deren Namen so schnell kamen, daß Cheyenne nicht behalten konnte, welcher zu welchem sommersprossigen Rotschopf gehörte. Dann kam Ed von der Tankstelle, und neben Ed saß ein Mann mit sandfarbenem Haar und dunklen Augen, der den Stuhl für sie zurückschob, als sie das Zimmer betrat.

»Ich bin Allen Curtis. Ich fuhr auf meinem Weg nach Minnesota durch Sutherland und hatte das gleiche Problem mit dem Methmangel.«

Sein Lächeln war offen und freundlich. Es gab keinen Grund für die Anspannung, die sie empfand, als sie ihn ansah, aber sie konnte nicht leugnen, daß sie sich einstellte. Irgend etwas an seinem großen, muskulösen Körper erinnerte sie an die beiden Ranger.

Cal, Ed und Allen führten ein lebhaftes Gespräch, das ohne große Hilfe der anderen am Tisch hin und her wogte. Cheyenne konzentrierte sich auf das Essen, Fleisch aus eigener Schlachtung und Gemüse aus dem Garten, eine willkommene Abwechslung zum Einerlei der synthetischen Stadtnahrung. Die Stimmen wirbelten um sie herum und verlangten nicht mehr als ein gelegentliches Nicken oder eine zurückhaltende Antwort, wenn sie einmal direkt angesprochen wurde. Wenigstens zweimal bemerkte sie jedoch, daß Allens Blick auf ihr ruhte. Als sie ihn erwiderte, zuckte er die Achseln und sah fort.

Irgendwann fiel ihr am Klang der Stimmen auf, daß das Gespräch um sie herum heftiger geworden war. Ed hatte ihre ungeteilte Aufmerksamkeit, als er losdröhnte: »Sie werden die Städte öffnen, das werden sie. Und unsere Kinder mit süßen Versprechen vom bequemen Leben verführen. Wir wissen, daß die Städte nichts außer Sünde und Korruption zu bieten haben, aber unsere Kinder wissen es nicht. Die Mißgeburten und Tunichtgute werden unsere Frauen benutzen, um mehr von ihrer Art zu zeugen. Sie werden uns übernehmen, wenn wir uns nicht wehren, und dann heißt es wieder Krieg und Seuchen. Das versuchen sie auch gerade in Des Moines City – Pläne gegen uns schmieden und unseren Untergang vorzubereiten.«

»Ich habe nie gehört, daß die Städte für irgendwen geschlossen waren«, warf Allen leise ein. »Nach dem, was ich so aufschnappe, dient die Versammlung in Des Moines nur dazu, um über eine größere Bewegungsfreiheit zwischen den Dörfern und Städten zu diskutieren.«

»Freiheit wozu? Unser gutes Leben gegen drei Zimmer in einer schmutzigen Stadt einzutauschen? Uns in einen Haufen Mißgeburten zu verwandeln? Vielleicht sind wir zu klein, um es mit einer ganzen Stadt voller Leute aufzunehmen, aber wir müssen sie aufhalten, wo wir nur können. Sutherland tut seinen Teil, und Sie können darauf wetten, daß Dörfer wie das unsere im ganzen Land das gleiche tun werden.« Crenshaws Stimme wurde lauter und schriller, bis Cal die Hand auf die Schulter seines Schwiegervaters legte und ihn anwies, still zu sein.

»Wenn du weiterhin so schreist, Dad, darfst du heute abend nicht mit uns kommen. Und was Sie betrifft, Mr. Curtis, so rate ich Ihnen, solche Aussagen für sich zu behalten. Sonst fragen sich die Leute noch, ob Sie auch sind, als was Sie sich vorgestellt haben.«

»Jeder kann mich überprüfen. Ich habe Verwandte von Texas bis Minnesota«, sagte Allen, und seine Ungezwungenheit nahm den Teil der Spannung aus der Unterhaltung. »Wo ich aufwuchs, gab es keine Städte. Vielleicht nehme ich deshalb die Bedrohung nicht so ernst wie Sie. Vielleicht würde ich mir mehr Sorgen machen, wenn ich so nah an einer Stadt leben würde wie Sie.«

Bethie schickte sich an, den Tisch abzuräumen. »Sie haben keine Kinder, Mr. Curtis, oder Sie würden nicht so reden. Die Kinder sind diejenigen, die in die Städte ziehen. Und sie kommen nie zurück.«

Einer der rothaarigen Jungs nickte heftig. »Wenn Kinder zu häßlich sind oder ihr Tagwerk nicht schaffen, schicken wir sie manchmal in die Stadt. Wir wollen sie gar nicht zurückhaben.« Er grinste seine Mutter an. Cheyenne sah den Blick, der zwischen Mutter und Sohn wechselte, und hatte plötzlich Angst um das nette, behinderte Mädchen oben.

Bethie wischte sich die Hände an der Schürze ab und brachte ein Lächeln zustande. »Dad, für die Versammlung heute abend ziehst du lieber deinen guten Anzug an.«

Ed Crenshaw schob seinen arthritischen Körper in eine aufrechte Stellung und schlurfte hinaus. Cheyenne sah ihm mit gemischten Gefühlen nach. Es verblüffte sie immer wieder, wie im ganzen Land die Dörfler ihre alten Mitmenschen verehrten, bereitwillig und ungeachtet der eventuellen Behinderung ihre älteren Verwandten versorgten, und ihre Kinder ohne einen zweiten Gedanken zum Tode verdammten.

Später am Abend, lange nachdem Bethie an die Tür geklopfte hatte, um zu sagen, daß die Familie zum Dorftreffen aufbrach, schlüpfte Cheyenne in ihre Jeans und setzte sich in den Schaukelstuhl, um die Rede zu planen, die sie vor der Bürgermeisterkonklave in Des Moines City halten würde. Mit dreiunddreißig Jahren war sie jünger als die meisten anderen Bürgermeister; und wenn die Versammlung in Des Moines City den Ratssitzungen ähnelte, an denen sie in den letzten sechs Jahren in Cheyenne teilgenommen hatte, würde sie auch radikaler sein und nachdringlicher auf eine Rebellion und den Zusammenschluß des Netzwerks der Städte im ganzen Land drängen als jeder andere Bürgermeister.

Eine hohe, fröhliche Stimme sang durch Cheyennes Gedanken, und sie begriff plötzlich, daß das Geräusch aus Coras Zimmer kam. Cheyenne sah den kaum erhellten Gang hinab und wünschte, sie hätte Bethie gefragt, wo Allen Curtis sei. Sie blieb vor seiner Tür stehen, konnte aber nichts hören. Sie entschied sich gegen ein Anklopfen und ging statt dessen zu Coras Zimmer weiter. Die Tür stand einen Spaltbreit offen. Cora saß auf dem Bett, ein Saiteninstrument auf dem Schoß. Ihre Stimme hob sich hoch und klar über die Akkorde, die sie dem Instrument entlockte. Cheyenne klopfte leise und schob die Tür auf.

Cora sah gar nicht auf, doch Allen Curtis war augenblicklich auf den Füßen. Cheyenne wußte nicht, wer überraschter war, sie oder der blonde Fremde. Die Angst, die einen Augenblick lang über sein Gesicht huschte, verblüffte sie. Sie starrten einander an, und Cheyenne hatte das Gefühl, taxiert zu werden. Schließlich brach Allen das schreckliche Schweigen und streckte die Hand aus.

»Albuquerque, N.-M.«

Cora sang weiter, als hätte es keine Unterbrechung gegeben. Ein Frösteln arbeitete sich mit eisigen Fingern von Cheyennes Magen den Körper hinauf. Sie schlug die angebotene Hand aus und sagte nur: »Ich weiß nicht, wovon Sie sprechen, Mr. Curtis. Ich kam, weil ich die Musik hörte.«

Er erwiderte ihren Blick einen Moment lang und lächelte dann. »Wie Sie meinen.« Er deutete auf das Mädchen auf dem Bett. »Sie ist ziemlich gut, wenn man bedenkt, daß sie keinen Gesangsunterricht bekam, nicht wahr?«

Coras Lied kam zu einem Ende, und sie blickte erwartungsvoll zu Cheyenne auf. »Mom sagt, daß ich ziemlich gut singe.«

»Deine Mutter hat ganz recht«, erwiderte Cheyenne. Sie wollte mehr sagen, als ein fernes Geräusch ihre Aufmerksamkeit beanspruchte.

»Die Versammlung wird am Fenster vorbeikommen«, sagte Cora ernst und schlug beiläufig ein paar Noten an. »Cal Junior sagt, daß es heute abend jemand brennen wird.«

Allen und Cheyenne wechselten schockierte Blicke. Cheyenne faßte das Kind an der Schulter. »Wer wird brennen? Was haben sie vor?«

Coras Augen füllten sich mit Tränen, und sie versuchte sich dem

Griff zu entwinden. »Sie tun mir weh. Es ist nur jemand, der nach Des Moines City wollte. Ein Ranger hat ihn gestern gebracht, und heute haben sie wegen ihm eine Versammlung abgehalten. Jeder, den sie fangen, brennt.«

Der Lärm der Menge kam näher. Als Cheyenne aus dem Fenster sah, konnte sie die flackernden Fackeln ausmachen. Ihr Magen zog sich zu einem harten Knoten zusammen. Als sie einen Blick auf Allen warf, sah sie den dünnen Schweißfilm, der seine Stirn bedeckte.

»Provo Utah«, sagte er mit rauher Stimme. »Ich sollte ihn gestern außerhalb von Sutherland treffen, aber er kam nicht.«

Sie hatte von Provo gehört, einem riesigen Bären von Mann, der der Allgemeinen Versammlung vorsitzen sollte. Sie schluckte ihre Zweifel hinunter und drehte sich zu Allen um. »Ich habe eine Pistole in meinem Zimmer.«

Er nickte. »Cora, du bleibst hier. Ann und ich gehen hinab. Es ist wohl besser, wenn du nicht mehr singst.«

Das Mädchen lächelte. »Ich schalte auch das Licht aus. Mom sagt, ich soll aufpassen, daß mich niemand sieht.«

Sie holten den Revolver. Cheyenne steckte ihn in den Hosenbund, und sie eilten die Treppe hinab. Ein Windbrecher aus Bäumen markierte die nördliche Grenze von Reeds Besitz. Allen schob Cheyenne gegen die rauhe Rinde, und gemeinsam beobachteten sie, wie der Mob die Hauptstraße entlangzog. Cheyenne hatte nun keinen Zweifel mehr, daß es Provo war, den die Menge an einem Seil, das seine Hände fesselte, voranschleppte. Das Gesicht des Mannes schien nur noch aus Schnitten und Prellungen zu bestehen, und er taumelte unsicher, als mehrere Männer aus Sutherland an dem Seil zerrten. Sie konnte zwei der Reed-Jungen sehen, die hinter Provo herliefen und mit einem langen Stock auf ihn einstachen. Cal trug eine Fackel. Er stand mit Ed, der – wie mehrere andere auch – Ölkanister schwang, ein paar Meter abseits. Cheyenne hielt nach Bethie Ausschau und entdeckte sie schließlich ein paar Meter zurück im Gefolge. Einen Augenblick lang blickte Bethie zum Windbrecher hinüber, und Cheyenne zuckte zurück, fast sicher, gesehen worden zu sein. Aber Bethie marschierte weiterhin mit der Menge mit.

Die Horde passierte das Haus der Reeds und näherte sich dem weniger als sechs Blocks entfernten Dorfplatz. Allen und Cheyenne liefen von Hof zu Hof, drückten sich gegen Hauswände und hielten sich in den Schatten verborgen.

Cheyenne zog den Revolver aus dem Gürtel, aber ihnen beiden war klar, daß die Waffe eine zu geringe Reichweite aufwies und auch kaum ausreichte, um eine Menge dieser Größe aufzulösen. Allen hatte nur ein Messer. Er faßte sie am Arm und deutete auf eine dunkle Seitenstraße, in der neben einem Krämerladen zwei Propangastanks standen. Cheyenne begriff sofort, was er meinte. Vom Dorfplatz aus konnte man den Laden nicht sehen. Ein Feuer an dieser Stelle mochte für genug Ablenkung sorgen. Sie wartete, bis die Menge am Laden vorbeigezogen war; dann schoß sie im Schutz des Gebäudes zweimal schnell hintereinander. Die Wucht der Explosion ließ Schockwellen durch das ganze Haus dröhnen. Innerhalb von Sekunden leckten die ersten blauen und gelben Flammen an der Holzwand empor. Allen zerrte Cheyenne am Arm und führte sie in die Deckung einer Veranda.

Die Dorfbewohner liefen ungeordnet durcheinander und wogten dem brennenden Haus entgegen, wobei sie ihren gefesselten Gefangenen kniend mit nur vier Mann als Bewachung auf dem gepflasterten Platz zurückließen.

»Mein Gott, nein!« flüsterte Cheyenne verzweifelt, als sie sah, daß eine der Wachen den Inhalt eines Ölkanisters über das hilflose Opfer ausleerte.

Allen schrie unterdrückt auf, und bevor Cheyenne ihn zurückhalten konnte, stürzte er mit gezogenem Messer auf den Platz. Eine der Wachen sah ihn kommen und riß ihn zu Boden. Die beiden Gestalten rollten im flackernden Fackellicht immer wieder übereinander, bis eine schließlich liegen blieb und die andere, die sie als Allen erkannte, wankend auf die Beine kam.

Die Männer liefen ihrem Gefährten zu Hilfe, aber nicht, bevor einer seine Fackel auf Provo geworfen hatte. Die Kleider des Gefangenen gerieten sofort in Brand. Provo kämpfte sich auf die Beine, sein Körper in Flammen, und wankte in Cheyennes Richtung. Dann stürzte er schwer zu Boden und wälzte sich herum, um die Flammen zu ersticken.

Cheyenne lief auf den Platz und feuerte ihren Revolver auf den Mann ab, der die Fackel geworfen hatte. Der erste Schuß verfehlte ihn, aber nicht der zweite. Allen ließ die beiden letzten Wachen auf dem Pflaster liegen; ob sie tot oder nur bewußtlos waren, konnte sie nicht sagen. Er stürmte an ihr vorbei und warf sich auf Provo, benutzte Hände und Körper, um die restlichen Flammen auszuschlagen.

Als das Feuer vollständig gelöscht war, richtete Allen sich auf und berührte sanft Provos Gesicht. Die Haut des Mannes löste sich unter Allens Fingern. In Allens Blick spiegelte sich nacktes Entsetzen. Provos Augen waren glasig vor Schmerz, als er die Hand nach Cheyenne ausstreckte.

»Bitte.«

Das Wort war klar und deutlich, wenngleich sie die Anstrengung heraushörte, mit der er es sagte. Sie begriff noch vor Allen, daß der Mann nicht nach ihr, sondern nach ihrer Pistole griff.

Langsam, bedacht, ohne sich von Allens qualvollem »Nein! Das kannst du nicht tun!« aufhalten zu lassen, zog Cheyenne den Abzug durch.

Provos Körper zuckte zurück und fiel dann gegen Allen.

»Wir müssen hier heraus«, sagte Cheyenne und versuchte, Allens Griff von der Leiche zu lösen. Sie sah, daß seine Hände schwer verbrannt waren.

»Wie konntest du ihn töten?« Die Worte klangen hohl, als müsse er das Gefühl, das hinter ihnen lag, zurückhalten, sollte es ihn nicht verzehren.

»Er hatte ein Recht darauf«, gab Cheyenne zurück.

Allen musterte sie einen Augenblick lang seltsam, bevor er Provos Leiche auf die Pflastersteine gleiten ließ.

Sie konnte nichts sagen, um ihn zu trösten. Sie schlang die Arme um seine Hüfte und half ihm, den Dorfplatz zu verlassen, zurück in die Sicherheit der Schatten.

Sie machten sich auf den Weg zu den Außenbezirken von Sutherland. Es ging nur langsam voran; der Schmerz in seinen verbrannten Händen wurde immer stärker. In der Ferne konnte Cheyenne den roten Feuerschein des brennenden Gebäudes sehen. Dann erhob sich ein wütendes Geheul; anscheinend hatte der Mob entdeckt, daß der Gefangene tot war. Sie wußte, daß es nicht mehr lange dauern würde, bis man Suchtrupps organisiert hatte. Sie glitt das Bachbett hinab, das Sutherland nach Süden begrenzte, und zog Allen hinter sich her.

Sie gerieten beide ins Wanken, als er gegen sie stürzte. Seine Worte kamen unregelmäßig und verkrampft. Nun, da sie die Zeit hatte, ihn zu betrachten, sah sie, daß auch seine Schultern und Brust Verbrennungen aufwiesen.

»Laß mich hier zurück. Wenn die Reeds herausfinden, daß ich verschwunden bin, werden sie wissen, daß ich es war, der versucht hat, Provo zu befreien. Es darf keine Verbindung zwischen dir und mir geben.«

Cheyenne wurde hin- und hergerissen zwischen der Einsicht, daß er die Wahrheit sprach, und dem Unwillen, ihn im Stich zu lassen. Er mußte ihr Zögern gespürt haben.

»Ich werde mich nach Osten durchschlagen und versuchen, in der Nähe des Highway 80 zu bleiben. Du kannst mich morgen dort auflesen. Wenn du mich nicht auf den ersten drei Meilen findest, weißt du, daß ich es nicht geschafft habe.«

Sie wußten beide, daß er nur wenig Aussichten hatte, es lebendig bis zum Highway zu schaffen, aber sie nickte trotzdem und willigte ein. Sie wollte ihm den Revolver geben, sah die Sinnlosigkeit aber ein und steckte die Waffe zurück in den Hosenbund.

Sie fühlte seine Blicke auf ihr, als sie das Bachufer hinaufkletterte und geradewegs gegen die schwerfällige, stille Bethie Reed prallte. Cheyenne keuchte erschrocken auf und griff nach dem Revolver.

»Sie werden die Waffe nicht brauchen«, sagte Bethie. Ihre Stimme war seltsam gleichmütig. »Lebt Mr. Curtis noch?«

Cheyenne atmete tief ein und kam dann zur Einsicht, daß sie durch eine Lüge nichts gewinnen konnte.

»Er hat Verbrennungen davongetragen, lebt aber noch. Er ist da unten.« Sie deutete mit dem Wissen hinab, daß Allen irgendwo dort unten war und jedes Wort verstand.

»Ich werde Ihnen helfen, aber es gibt einen Preis.«

»Ja?«

»Sie kümmern sich um Cora. Sie nehmen sie mit in die Stadt.« Bethies Hand ballte sich zur Faust und öffnete sich wieder. Dann wiederholte sich die Geste. »Dad und Cal können nicht verstehen, wie es ist, wenn eine Frau ein Kind hat, selbst, wenn es nur ein Mädchen wie Cora ist. Sie haben meine Schrulle bislang hingenommen; aber es wird die Zeit kommen, da sie Cora aus der Stadt jagen, wenn nicht sogar verbrennen. Sie haben ihre Beine gesehen. Sie hat keine Chance, sich in einer Stadt durchzuschlagen. Ich habe etwas Geld gespart...« Bethies Stimme riß ab, und Cheyenne verspürte den plötzlichen Drang, die ältere Frau zu umarmen. Aber sie blieb, wo sie war, und wartete, bis Bethie die Fassung zurückgewonnen hatte.

»Mrs. Reed, die Städte sind nicht das, was Sie glauben. Cora kann dort lernen. Sie ist musisch begabt, aber das wissen Sie ja schon. Ich werde nicht zulassen, daß jemand ihr weh tut.“

Nach langem Schweigen nickte Bethie und schritt auf das Bachufer zu. »Sie gehen am besten zu Bett. Sie haben morgen eine lange Fahrt vor sich.«

Nachdem Cheyenne am nächsten Morgen das opulente Frühstück gegessen, das Bethie für sie zubereitet hatte, Cals Bericht über die Ereignisse der vergangenen Nacht ertragen und von Ed Chrenshaw höchstpersönlich eine Tankfüllung Meth erhalten hatte, schickte sie sich an, Sutherland zu verlassen. Während Cal Junior ihren Rucksack unter dem Sitz des Jeeps verstaute, umarmte sie Bethie heftig.

Sie setzte den Wagen aus der Einfahrt und fuhr langsam durch die Stadt. Eine ältere Frau schrubbte die geschwärzten Pflastersteine des Dorfplatzes. Die Frau lächelte und winkte ihr zu.

Erst, als sie zwei Meilen den Highway 80 entlanggefahren und das hellhaarige, verkrüppelte Mädchen und den großen Mann mit den bandagierten Händen sah, gestattete sich die Bürgermeisterin von Cheyenne City den Luxus von Tränen.

Bruce Sterling

Video-Kid

Roman

Ullstein Buch 31090

Science Fiction

Irgendwo in der Galaxis liegt der Planet Träumerei. Seine greisen Machthaber herrschen absolut: Sie sind nahezu unsterblich und operieren nur aus dem Dunkel heraus. Wer jung ist und Karriere machen will, muß den „harten“ Weg unter den Augen der Alten gehen, denn auch die Medien unterliegen ihrer Kontrolle.
Video-Kid ist bereit, sich auf seine Weise einen Namen zu machen. Als Gladiator der Zukunft wird er ständig von fliegenden Robot-Kameras begleitet, die alle seine Handlungen aufzeichnen und einem interessierten Publikum zugänglich machen.
Kid ist in gewissem Sinne ein „Halbstarker“, ein hochbezahlter Raufbold, der sich um Politik nicht schert, denn der persönliche Erfolg geht ihm über alles. Bis er eines Tages in eine Intrige gewaltigen Ausmaßes hineingezogen wird.

Michael K. Iwoleit

Rubikon

Roman

Ullstein Buch 31091

Science Fiction

Was ist Leben? Was ist Vernunft? Wo liegen die Grenzen der menschlichen Erkenntnisfähigkeit? Vor diese Fragen sieht sich Bert Traven gestellt, als er die Raumstation Rubikon verläßt und sich auf einen Planeten hinabbegibt, auf dem ein fünfköpfiges Forschungsteam sich in ein folgenschweres Experiment eingelassen hat.

Michael K. Iwoleit präsentiert seinen ersten SF-Roman: RUBIKON ist ein bemerkenswertes Erstlingswerk, das in Stil und Themenwahl zwei große Vorbilder des Autors nicht verleugnet: Philip K. Dick und Stanislaw Lem.